GENTOSHA OUTLAW BUNKO

十九歳
人形の家4

藍川 京

幻冬舎アウトロー文庫

十九歳　人形の家4

目次

十九歳　人形の家4　登場人物

柳瀬小夜（19歳）　旧姓深谷。大学二年生。
　深谷胡蝶　小夜の実母。小夜が小学六年生の時に死亡。享年四十一。
柳瀬緋蝶（47歳）　小夜の養母。胡蝶の妹、小夜の叔母にあたる。
柳瀬彩継（63歳）　緋蝶の夫。小夜の養父。著名な人形作家。
　鳴海麗児　性的な生き人形制作時の彩継の秘密の別名。
深谷景太郎（55歳）　小夜の実父。大宝物産勤務。
深谷愛子（43歳）　景太郎の再婚相手。
深谷瑛介（22歳）　愛子の実子。大学四年生。
須賀井宗之（49歳）　骨董屋「卍屋」主人。亡き胡蝶の同級生。
斉田瑠璃子（20歳）　小夜の親友。
牧野貴子（37歳）　小夜の通う女子大の助教授。

第一章　透明な潤み

1

池の水面すれすれに、白い花弁も清楚な未草《ひつじぐさ》が咲いている。水面から抜け出した太い花柄の先に黄色い花をつけているのは、河骨《こうほね》だ。その間を錦鯉がゆったりと泳いでいた。

「きれいだわ」

池の袂《たもと》で、牧野《まきの》貴子《たかこ》は目を見張った。

白い麻のスーツに白い麻の日傘を差して、いかにも夏を楽しんでいるように見える。

わずかに風があり、気温より涼しく感じられる午後だ。

「未草は、灯籠《とうろう》流しの灯籠のようでしょう？　静かで品があって、私、大好きなんです」

小夜《さよ》は弾んだ声で言った。

彩継《あやつぐ》の人形を見せてもらいたいと初めて椿屋敷にやってきた貴子が、庭の景色を気に入ったのがわかり、小夜は嬉《うれ》しくてならなかった。三十七歳の貴子は独身。大学で国文学を教えている助教授だ。

小夜は女子大の二年生になった。瑛介《えいすけ》と同じ大学に進みたいと思った時期もあったが、深い関係になってからは、ただの義兄妹を装うためにも、同じ大学に通わないほうが賢明ではないかと思った。そして、彩継が願っていたように、付属高校から、そのまま無試験で女子大へと進んだ。

「河骨は、初めて漢字を見たときは気持ちが悪かったんですけど、こんなに楚々《そそ》とした花なんですよね。いくら根茎が白骨みたいだからって、可哀想な名前だわ。貴子先生、そう思いませんか？」

大きな葉に比べて小さい、黄色い五弁の花を、小夜は哀れむように言った。

「花は可愛いと言えば可愛いが、首が太いからな。楚々とした花と言っていいかどうか」

貴子が口をひらくより早く、彩継は、どこかしらおどけたような口調で言った。

「まあ、河骨に聞こえたら可哀想だわ。いやなお養父《とう》さま」

小夜の言葉に、貴子の顔がほころんだ。

「五、六月は杜若《かきつばた》もきれいだったんですよ。来年はそのころ、また見に来てください」

「もう来年のお話なの？」

彩継の言葉に、小夜は呆《あき》れたという顔をした。

「素晴らしい環境ですね。広いお庭と、お屋敷。世界に名だたる人形作家のお養父さまと、着物がお似合いになる上品なお養母《かあ》さまがいらして、小夜さんが素直なお嬢さまに育つはずですわ」

「いえ、実の親御さんが立派に育ててくれたからですよ」

彩継も機嫌がいい。

「お養母さまの、白い睡蓮《すいれん》と鯉が描かれた絽《ろ》の帯、あれ、大好きなの。私も締めてみたいわ」

池を眺めていた小夜は、緋蝶《ひちょう》が去年の夏に締めていた涼しげな帯を思い出した。

「ああ、あれはいい。そうだ、せっかく先生に来ていただいたんだから、あれを締めて見せるといい。あの帯にどの着物を選ぶ？　着替えておいで」

「でも……」

「小夜さんの着物姿、見たいわ。見せていただける？」

貴子に見たいと言われ、小夜はこっくりと頷《うなず》いて、すぐに屋敷に向かった。

椿屋敷に養女としてやってきて、すでに四年半。今では、ひとりで和服の着付けもできるようになった。

お茶の用意をしている緋蝶に、帯を貸して欲しいと言った小夜は、桐の箪笥《たんす》の並んでいる和室に向かった。だが、ごく薄い青地に、白い睡蓮と赤い鯉を描いた帯を出したものの、どの着物にしたらいいか迷った。おかしな組み合わせで貴子に笑われるのが怖い。彩継や緋蝶だけなら、愛嬌と言われてすむが、初めて着物を着てみせる相手には、それなりのものを見てもらいたい。

困惑した小夜は、キッチンの緋蝶に救いを求めた。

「私はお養父さまのように、斬新な組み合わせはできないわ」

「普通でいいの。初めてなのに、せっかくいらした貴子先生に笑われたくないわ。それに、外にいらっしゃるから、あまり時間をとっては申し訳ないし」

緋蝶は蘇芳色《すおういろ》の、細い縦縞の結城縮《ゆうきちぢみ》を出した。

「これは？　ほら、いいんじゃない？」

畳紙《たとう》を広げて、その上に帯を当てた。

「ほんと、素敵だわ」

小夜はたちまち満足した。

夏の帯締めと帯揚げも、緋蝶はすぐに、着物と同系色のものを選んでいた。

「お養母さま、ありがとう。お養父さまも、これなら誉《ほ》めてくださるわ」

「ふたりにはないしょにしておくから、小夜ちゃんが自分で選んだことにするといいわ」

緋蝶は楽しげに和室を出ていった。

小夜は絽の長襦袢《ながじゅばん》を着て、着物を着付け、急いで池に向かった。

「おう」

彩継は上から下までじっくりと眺め、笑みを浮かべた。

彩継に合格点をもらったのだと、小夜はほっとした。

「変わるわね……とっても素敵……いい着物にいい帯だわ。でも、いちばん素敵なのは小夜さんの雰囲気よ。この着物で外を歩いたら、男性だけでなく、女性達も溜息《ためいき》をつくわ。こんなに着物が似合う人も珍しいわ。似合うのは想像がついていたけど、こんなにも似合うなんて……素晴らしいお庭だし、池の睡蓮や錦鯉に目を奪われていたけど、着物の小夜さんが現れたら、すっかり周りの風景が色褪《いろあ》せてしまったわ。浴衣でもないのに、この季節に涼しげに着物を着られるなんて、着慣れているせいね」

「貴子先生にそんなに誉められると、なんだか恥ずかしいわ」

小夜は目を伏せたが、嬉しさに唇がゆるんだ。

「どんな着物で来るかと思ったら結城か。色もいい。その帯にぴったりだ。気付けも上手《うま》くなったな」

躰《からだ》を合わせ、父と娘の域を超えて、すでに三年近く経《た》っている。この世にふたりといない特別の女を、彩継はしみじみと眺めた。

「お養母さまに着せてもらったんじゃなかったの?」

「いいえ、自分で」

貴子はきっちりと着付けられた着物に、あらためて目を見張った。

「何とか自分で着られるようになったんですけど、お養父さまの着付けは、とっても粋で、私が私じゃないみたいな感じになるんです」

「ぜひ、そんな小夜さんも見たいわ」

「じゃあ、今度、また貴子先生がいらっしゃったら。お養父さま、選んでくださる?」

「ああ、とびっきりいいものを選ぼう」

「実の親子以上に仲がよろしいみたいね。素晴らしいわ」

「そう言われるとほっとします」

貴子に何かを感づかれたのではないかと、小夜は緊張した。けれど、彩継は、さらりと礼を言った。

三年前の夏休み、居場所を告げずに家を空け、小夜は須賀井《すがい》によって女になった。

その翌日、彩継は小夜を乱暴に抱いた。彩継は、そのときまで小夜が処女だったと信じ込んでいる。

　生身の肉を麻酔なしで引き裂くような激しい破瓜《はか》の痛みは一度きりだと思っていたが、挿入時の痛みは何度か続いた。出血も一度では終わらなかった。

　そのために、二人目の男である瑛介も、小夜が処女だったと信じている。その直後に抱いた三人目の彩継も、小夜は処女だったと勝手に思い込んでしまった。

　瑛介と彩継を騙《だま》しているという心の痛みがある一方で、小夜が騙したのではなく、相手がそう思い込んだのだという救いもあった。

　最初に女にしたのは自分だと確信し、幸福を感じている瑛介や彩継を見ていると、事実を納得させるより、このままでいたほうが愛情だとも思えてくる。それに、最初の男が誰かを話すつもりはない。どう責められようと話せない相手だ。それだけに、彩継達の勝手な思いこみは、小夜には幸いだった。

　彩継はたった一度、小夜を抱いただけで、それからは躰を合わせようとしない。小夜には不思議でならなかった。だが、蔵での愛撫は日に日に執拗《しつよう》になってくる……。

「美味《うま》いものを食べさせてくれるところがあるんです。国文学の先生なら、洋食より和食がいいでしょう？　夕飯、行きつけの料亭に予約しておきますよ」

「まあ、そんなお心遣いまで……でも、遠慮なく、お言葉に甘えさせていただきます。どうせ帰ってもひとりですし、ご一家といっしょに過ごさせていただいていると、とても楽しいんです。ただし、美味《おい》しいものをいただいても、小夜さんの単位には関係ありませんけど。もっとも、小夜さんは成績優秀で、単位の問題はまったくないことは、はっきりと申しておきますわ」

貴子が断言した。

学内の女の教授や助教授、講師の中で、貴子は群を抜いて美しい。濃いめの眉や、はっきりした目鼻立ちは、意志の強さと賢さの象徴のようだ。かといって人を寄せつけないような堅苦しさはなく、いつも柔和な表情をしている。すらりとした体軀《たいく》も、文句のつけようがない。

そんな貴子が、三十七歳になっても独身を通しているのはなぜなのか。小夜は不思議に思うことがあった。そして、最後は、小夜の亡き母を愛し続けて独身を通してきた須賀井を思い浮かべた。

「夕食には、たまたま、きょう会うことになっていた知り合いも呼びますが、迷惑にはならない男です」

「あら、先にお約束がおありだったのなら、私は、また今度にします」

「いいえ、お気遣いなく」

「だあれ……？　私、先生とふたりで、いえ、お養母さまと三人でいただいてもいいのよ」

「その必要はない。卍《まんじ》だ」

小夜は動悸《どうき》がした。

初めて抱かれた男だ。彩継はそれを知らず、須賀井を信じている。須賀井の店には、いつ行っても文句も言わない。けれど、小夜は、須賀井と彩継がいるところに居合わせたくなかった。意識するだけ、気疲れする。須賀井も、三人で顔を合わせるのは避けたいはずだ。かといって、不自然に断ることもできず、ときおり椿屋敷にやってくることもあれば、料亭で食事することもあった。

小夜達は六時に〈瓢簞《ひょうたん》〉に着いた。それから二十分ほど遅れて須賀井が現れた。

「いやあ、申し訳ない。大事な客が突然……あ、失礼」

須賀井は三人だけと思っていたのか、部屋に見知らぬ女がいるのに気づいて、慌てて後の言葉を呑《の》み込んだ。

「小夜の大学の国文学の助教授で、牧野貴子先生だ。卍のことは、もう話してある」

「初めまして。須賀井と申します。お客さんもいっしょだとは存じませんで……先生、待ってないで、さっさと始めてくれていたらよかったのに……」

「卍がいなくて始められるか。早く座れ」

申し訳なさそうな須賀井に、彩継は機嫌よく返した。

「えっ？　私が上座ですか？　先生、それはないでしょう？」

上座の横には貴子が座っていた。

「実は、牧野先生も独身なんだ。独身同士でいいんじゃないかと思ってな。卍、美人で優秀な国文学の助教授だぞ。骨董と繋《つな》がりがないわけじゃないし、つき合ってみないか。難しい古文書を読むとき助かるぞ」

「まあ、そんな冗談を」

貴子が思い切り驚いてみせた。

「冗談でもないですよ。こいつ、性格もいいし金もある。それなのに、ずっと独身できたんです。そろそろ身を固めてもいいだろうと思っています。女もいないようですし」

「先生、困りますよ……いや、私じゃなく、小夜ちゃんの先生が困るということです」

須賀井は、やむなく上座に腰を下ろしながら言った。

「ということは、牧野先生は困るかもしれないが、おまえは困らないということだな？」

「またそんな……」

須賀井は小夜に、ちらっと視線をやった。

もしかして、彩継は何もかも知っていて、須賀井を小夜から離すために、貴子と結びつけようとしているのではないか……。

小夜は一瞬、そんなことを考えたが、それなら、彩継が須賀井と今も懇意にしているはずがない。それに、小夜を卍屋に自由に行かせるはずもない。

「おい、卍、何か気づかないか」

彩継の問いに、卍は首をかしげた。

「そうか、やっぱり、美人の助教授を、かなり意識してるな」

「えっ？」

「いつもは小夜の着物を誉めるくせに、小夜が着物を着ているのにも気づかないじゃないか」

「そんなこと、とうにわかってますよ。蓮に鯉の帯は、いつか緋蝶さんも締めていましたね。きょうの小夜ちゃんはしっとりした感じですね。それにしても、先生、なんだかきょうはおかしいんじゃないですか？」

須賀井が逆に彩継に訊《き》いた。

「きっと、若い素敵な先生に来ていただいて、心が弾んでいるのよ。私も、とても楽しいわ」

緋蝶の黒い夏大島の袂から、薄い桜色の長襦袢の袖《そで》がちらりと覗《のぞ》いた。

2

須賀井のぬくもりは心地よい。小夜は須賀井に抱かれて、その胸に顔を埋《うず》めていると落ち着く。生まれたころの自分に戻っていくような気がする。ゆりかごに揺られているような気もした。

「参ったよな……」

ベッドの中で、裸の小夜に腕をまわしていた須賀井が、ぽつりと言った。

「先生も困ってらっしゃったわ。お養父さまったら」

須賀井が貴子とのことを言っているのは訊くまでもなかった。

〈瓢簞〉で食事した後、彩継は須賀井に、物騒な世の中になってきたから、貴子を自宅まで送ってくれと言った。

それからも、何度か須賀井の店に顔を出し、貴子にアタックしろと口うるさかった。小夜もそんな彩継を知っているだけに、困惑していた。

「今までこんなことはなかったのに。先生が私に結婚を勧めるなんてことは……」

「小父さまとのことを気づかれたのかと不安になったこともあったけど、そんなはずはないとすぐに打ち消したの」

「ああ、気づかれていたら私にもわかる。先生は小夜ちゃんに近づく男は許さないはずだ。こんなことをしているのがわかったら、先生に殺されるかもしれない」

「そんな……」

「いいんだ、たとえ殺されてもしかたがない。こんなことをしてるんだ。小夜ちゃんの最初の男になれたんだから、それだけで思い残すことなんかないさ」

「そんなこと言わないで……小父さまを騙して最初に抱いてもらったのは私なんだから」

小夜は須賀井の胸に頬《ほお》を擦りつけた。

あのとき、亡き母を愛し続けていた須賀井に同情したのか、小夜の生き人形を彩継に頼んだ須賀井の気持ちを汲《く》んでやろうとしたのか、どちらが強かっただろうと考えたことがある。けれど、今では、そのどちらでもなく、須賀井のやさしい人柄に惹《ひ》かれ、そのときの状況から、須賀井以外の男を選べなかったのだと思った。そして、最善のことだったと、今も確信していた。

十六歳の自分が理性で動いたとは思えない、長い長い二日間だった。その間に、小夜は処女を須賀井に渡し、愛する瑛介とひとつになり、彩継にまで抱かれた。いまだに、あれより長い二日間は経験していない。

彩継が異常なほど拘《こだわ》った処女。処女とそうではないことに、どんな差があるのか。処女膜一枚の躰の変化だと思っていた。だが、躰を重ねることによって、もっと深く相手を理解できるような気がしてきた。

行為そのものもいいが、須賀井とは、こうして何ひとつ身につけていない躰を触れ合い、横たわっているだけで安らぐ。

「先生は、私と小夜ちゃんが、こんなことをしていることに気づいていなくても、本能的に、何かを悟っているのかもしれないな。だから、あの先生と結婚させようとしているのかもしれない。私をひとりにしておくのが危険だと思いはじめたのかもしれない」

「そんなことはないわ……結婚なんて、いくら他人が勧めても、本人が気に入らないとどうしようもないことでしょう？　それをお養父さまったら……私の先生なのに、嫌われたらいやだわ」

「牧野先生、あんなに美人でいい人なのに、どうしてひとりなんだろうな」

「小父さまが結婚しなかったように、きっと何か訳があるのかもしれないわ。ごめんなさいね、小父さま……」

「どうして謝るんだ」

「だって、私とこうしていても……結婚できないかもしれないし……」

「できないかもしれないじゃなくて、できないさ。ばかだな。そんなこと考えるなんて。小夜ちゃんは、亡くなったお母さんのようにやさしすぎるんだ」

須賀井は小夜の柔らかい髪を撫《な》でた。

「瑛介君のことが好きなら、いっしょになればいいじゃないか。こんなことをしていて、そんなことを言うなんて、瑛介君に殺されても文句は言えないかもしれないが、ときどきでも、小夜ちゃんと、こうしていられる時間があるだけで、いつ死んでもいいと思えるほど幸せなんだ。こんなに幸せでいいのかと思ってしまう。幸せすぎて怖いと思うことがある」

須賀井の口調は静かすぎる。よけいに小夜の心に染み渡る。

「小父さま、殺されても文句は言えないとか、いつ死んでもいいとか、そんなことは言わないで……ね、小夜は哀《かな》しくなるわ。小父さまがいなくなったら、私は、どこも行くところがなくなるわ……何も相談できなくなるわ」

須賀井には彩継とのこと以外は、何でも話している。瑛介とのことも話せる。緋蝶は小夜と瑛介との交際を知っているが、あまり細かいことは話さないようにしていた。特に、性についての話すことはなかった。緋蝶が彩継にいちいち告げることはないと信じているが、いっしょに暮らしているというだけで、性を口にするのは憚《はばか》られた。

緋蝶と彩継のアブノーマルな性を知っているだけに、なおさら性に対する拘りが出てくるのかもしれない。何度も蔵を覗き、息が詰まるほどのプレイを見てしまうと、決して緋蝶の前で性のことを口にしてはならないという気持ちになってくる。

「ねえ、小父さま、約束して。哀しいことは言わないって」

「哀しいのか……」

「そう、小父さまが死んでしまうことを考えると、それだけで涙が出てくるわ。小父さまは大切な人。私の最初の人。こんなにやさしい人だもの。いつまでも生きていてくれないと困るの。小父さま、大好き。こんなに勝手な私……嫌い？　私、瑛介さんともつきあっているんだもの……」

彩継のことは、決して口にできない。それに、彩継が小夜を抱いたのは一度だけだ。蔵での仕打ちはますます破廉恥《はれんち》になっているが、決していきり立った肉茎を、小夜の中心に埋めようとはしない。小夜が今も抱かれているのは、須賀井の他は瑛介だけと言ってよかった。

「小夜ちゃんはどんなことがあっても汚れない女なんだ。特別の女として生まれてきたんだ。そんな小夜ちゃんと、こんなふうにできて、ありがたいと思ってる。夢じゃないかと、ときどき思う。先生には申し訳ないと思ってる。緋蝶さんや、景太郎《けいたろう》さんにも……」

三年の間に、須賀井はそれを何度、口にしたことだろう。

「私が小父さまにお願いしたことなのに。こうなったのは私がお願いしたから。そうでなかったら、小父さまは決して私に触れなかったはずよ。小父さまは何も悪くないわ。小父さまに感謝してるの。私の大切な人なの。私が最初の人に選んだの。もう哀しいことは言わないで。大好きなんだから」

　小夜は須賀井の背中にまわした腕に力を入れた。

「何食わぬ顔をして先生や緋蝶さんと接していると罪の意識を感じて、これっきりにしないといけないと思うのに、いざ小夜ちゃんが来てくれると、そんな思いは消えてしまって、こうしていることが、自分の人生でいちばん大切なことだと思えてしまう」

「そう、こうしていることが、今は、いちばん大切なことなの。難しいことなんか、何も考えたくないわ。こうしていると落ち着くの。ここは私のオアシスなの」

「小夜ちゃんにそういってもらえると、ますます離れられなくなる」

　須賀井は躰を動かし、小夜を真上から見下ろした。

　小夜が目を閉じた。目を閉じても、透けるような薄い瞼《まぶた》がときおり動く。須賀井は小夜を眺めることで、目を閉じていても人はまばたきをするのだと、やけに不思議な気がした。

　生き人形の第一人者、彩継が創る人形も、決して生身の小夜にはかなわない。小夜の母、胡蝶《こちょう》が亡くなってからも、現実の女達より、彩継の創った胡蝶人形に心惹かれ、毎日、幾度となく眺めてきた。今でも傑作だと思い、胡蝶の魂が宿っていると疑わない。それでも、小夜と接していると、これ以上の創造物が、この世に存在するだろうかと思えてしまう。

小夜の耳朶《じだ》も透けるように白い。光の中に立てば、向こうの景色が透けて見えそうだ。唇は紅を塗っていなくとも艶《あで》やかで、オスを誘っている。かといって、汚れた者は決して寄せつけないような気品に満ちている。

須賀井はいつものように、飽きることなく小夜の顔を眺めていた。

「いや……そんなにじっと見つめてるなんて」

須賀井の息さえ聞こえない静かすぎる時間の流れに耐えきれず、小夜は閉じていた目をひらいた。自然にカールしている長い睫毛《まつげ》が震えるように揺れた。

「あんまりきれいだから……先生の創るどんな人形よりきれいだ。当たり前のことかな。長い間、生身の女より、先生の創る人形のほうが美しいと思っていた。だけど、小夜ちゃんだけは別だ。先生も小夜ちゃんの、この不思議な雰囲気はなかなか出せないだろう」

「雰囲気が……不思議……？」

「ああ。不思議だ。こんなに無垢《むく》でいながら誘惑的で、光と陰、裏と表が、すべてが一体になっているような……それでいて、陰や裏の部分は、決して表には出てこない。言っている意味が伝わるかな……？　ともかく、なんて説明したらいいかわからない。だから不思議というしかない。小夜ちゃんはみんなとちがうんだ」

須賀井は小夜の睫毛に、右手でそっと触れた。それが合図とでもいうように、小夜はそのまま目を閉じた。

須賀井は小夜の瞼に唇をつけた。薄い皮膜の下の目の玉が、かすかに動いた。両方の瞼に口づけ、頬に頬を擦り寄せた。若々しいつるりとした皮膚に触れるだけで、新たな生命が宿って、一気に若返っていくような気がする。

額や頬に唇を押しつけ、鼻頭にも軽く唇を当てた。首筋に舌を這《は》わせはじめると、小夜の鼻からひそやかな喘《あえ》ぎが洩《も》れた。

性欲のままにではなく、全体と部分を鑑賞しながら、須賀井はいつも、じっくりと小夜の総身に愛撫を加えていく。

大人になりきっているとは思えない乳房を両方の掌《てのひら》に入れて、そのやわやわとした感触を味わった。いつも、自分の手が、ふたつのふくらみの中に溶けていきそうな気がする。どこに触っても、小夜の肌はなめらかで柔らかく、指先や唇や舌先だけでなく、躰全体が溶けていきそうな気がする。

これまで抱いた女の中には、食虫花のような者がいた。須賀井は、自分のすべてを食べられてしまうような気がした。小夜も食虫花のようだ。だが、その感触は、かつての女とは、まったく質がちがう。

過去の女に食虫花を感じたときは、肉食の魔物に食べられてしまう気がしたが、小夜は慈愛に溢《あふ》れ、そのやさしさに、心まで溶けていくような心地よい感触だ。

ふたつのふくらみの張りと形のよさは、文句のつけようがない。ふくらみをそっと握り締め、中心の愛らしい桃色の果実に口づけた。

「んふ……」

ぞくりとする愛らしい喘ぎが洩れた。

ふくらみを掌で包んで軽く揉《も》みながら、桃色の果実を舌先でつついた。小夜の細い肩先が、快感を表して切なくくねった。

小さな果実だけを、舌と唇でそっと触れていると、それなりに硬くしこってくる。時間をかけて左右交互に愛撫していると、小夜の鼻から洩れる喘ぎが、すすり泣くような声に変わっていく。

男の須賀井にも、小夜の快感が、そのまま伝わってきて、触れられていない股間のものがひくりと反応した。

小夜と深い関係になり、逢瀬を重ねるたびに、須賀井は自分の躰が、小夜の快感をそのまま感じているのに気づくようになった。これまでの女とは決して体験できなかったものだ。

地球は巨大な磁石だ。そこに棲《す》む生物も磁気を帯びている。小夜に流れている磁気が、須賀井にそっくりそのまま伝わってくる。

　小夜と自分の躰を流れている磁気は同じものなのかもしれないと、須賀井は考えるようになった。それなら、他の女達に流れている磁気は、須賀井の磁気とは異なっているはずだ。小夜だけが心身ともに須賀井を癒すことができる。

「あはっ……小父さま……あう……そこだけは……だめ」

　小夜の肩先がくねくねとくねり、濡《ぬ》れた唇が半びらきになり、眉間《みけん》に小さな皺《しわ》ができた。

「小夜ちゃんの乳首、可愛くて可愛くて、ここだけ一日中でも触っていたい」

「だめよ……ジンジンするの……そこだけ触られていると、あそこがジンジンしてくるの……」

　小夜は腰まで、もじつかせた。

「あそこが……ジンジンするのか」

　須賀井は自分の肉茎も同じように疼《うず》いているのだと言いたかった。

　小夜の快感のすべてが、そっくりそのまま伝わってくる。だが、まだ小夜には須賀井の言葉が理解できないだろう。性を知り尽くした大人でさえ、須賀井の今の状態を理解できる者は少ないだろう。須賀井自身、不思議でならなかった。

　愛らしい果実を指先で触れる。その指先がくすぐったく、同時にズンとした快感が股間へと走り抜けていく。これが小夜の今の快感なのだ。

「ああ、小父さま……そこだけはいや」

小夜が両手で乳房を隠した。須賀井は小夜のほっそりした手を強引に退けて、舌先で果実をかすかに舐《な》めた。

「いや！」

小夜がうつぶせになろうとしているのがわかり、須賀井は躰を離して自由にさせた。

絹地をひろげたような背中だ。肩胛骨《けんこうこつ》の内側を舌で辿《たど》ると、小夜の背中が反り返った。丁寧に舐めていく。首筋に近づくと首筋を舐め、また肩胛骨に戻る。窪《くぼ》んだ背骨の中心線も、小夜のよく感じる部分だ。

もっとも、感じない部分はなく、最初のうちは、くすぐったいと笑っていることもあるが、じきにそこも性感帯になり、うっとりするほど華麗に身悶《みもだ》える。

愛撫する場所は一気に変えず、わずかずつ動いていく。

臀部《でんぶ》に口づけると、ぴくりと跳ねる。それも最初だけだ。ふたつの双丘を、それぞれ円を描くように舌を動かしていくと、腰がくねりはじめる。須賀井の肉茎にも心地よさが伝わってきた。

後ろのすぼまりを舐めまわしたい欲求をひとまず抑え、太腿《ふともも》の愛撫へと移っていく。ストツキングなど穿《は》かせるのは惜しい。なめらかな脚は産毛も生えていないようにつるりとしている。

触覚は毛根の周囲に分布している。産毛が快感のセンサーである以上、須賀井の目には見えず、舌でも感じられないものの、人とは比べものにならないほど細い産毛が小夜には生えているのかもしれない。それでなければ、ひそやかな喘ぎを洩らすはずがない。小夜がいかに感じているか、須賀井の肉茎に伝わってくる心地よさでわかる。

膕《ひかがみ》の愛らしさ。女の膝《ひざ》の裏は、なぜ、こんなにもセクシーなのか。

「あう、小父さま……くすぐったい」

膕に舌を当てると、小夜は膝を折ろうとした。それにかまわず、尻たぼに意識がいくように撫でさすりながら、こってりと窪みを舐めまわした。次に、足首を取り、親指を口に入れた。いつも須賀井は、小夜の全身を隈無く舐めまわした。

若い男は自分の欲求を満たすのが先になり、じっくりと女を愛撫するのは至難の業だ。須賀井も若いときは前戯などおざなりで、唇を合わせ、乳房をほんの気持ちだけ愛撫すると、すぐに下腹部に意識が移った。それも、指で触れているのも焦《じ》れったく、愛液を確認すると、早々に挿入して果てた。

今は辛抱強くなった。小夜を相手にしていると、なおさらゆっくりと愛したくなる。終わってしまうのが惜しい。セックスに終わりがないのはわかっていても、時間が限られる状況である以上、延々とふたりの時間を過ごすわけにはいかない。

何もせず、じっと寄り添っているだけでもいい。けれど、小夜の美しすぎる躰がわかっている以上、限無く愛撫しなければ惜しい。愛撫してやるのではなく、愛撫させてもらうことで、若いエネルギーが須賀井の体内に満ち溢れてくる。

年寄りが若い女のエキスを口にすると若返るというが、思い込みではなく、実際に力を与えられるのが須賀井にはわかる。細胞が活性化し、生命力が甦《よみがえ》る。須賀井はまだ四十代後半だが、小夜と、ときおりこんな時間が持てるなら、百歳までどころか、二百歳まででも奇跡的に生き長らえるような気がしていた。

「汚いのに……あぁう……足のオユビなんかオクチに入れて」

足指の愛撫を、小夜はいつも気にしている。

ペディキュアを塗っていないのに、ほんのりと桜色がかった貝のような爪。足指の爪は桜貝だ。

足指を一本ずつ口に入れていると、唾液《だえき》がたっぷりと溢れてくる。足指の間に舌を滑らせると、小夜は肩をくねらせて身悶えた。

小夜の秘園は、すでに潤みをたたえているはずだ。だが、まだ触れるのは早い。愛撫していない部分がいくらでもある。隠れた部分に辿り着くのはできるだけ後にしたい。それだけ楽しみが増える。

　小夜との逢瀬は限られている。小夜が店に顔を出すたびに抱けるとは限らない。小夜もそそくさと抱かれるのは避けたいのがわかる。だから、初めての男になって以来、数えるほどしか抱いていない。それでも、一回一回が濃密な時間だ。性の処理のために女を百回抱くより、小夜を一回抱くほうが満たされる。

　足指を舐めまわしていると、小夜はいつしかシーツをつかんで喘いでいる。

　須賀井は、あえかな声を聞いている耳と、やさしく身悶えする姿を眺めている双眸《そうぼう》から、小夜の神聖なオーラが入り込み、浄化されていくような気がした。

　須賀井は小夜をひっくり返した。小さいながら、乳首は完全に勃《た》っている。それを眺めた須賀井は、まず耳朶を甘噛《あまが》みし、巻き貝のような内耳に、そっと息を吹きかけた。小夜は感じすぎるというように、軽く首を振った。

　わずかにひらいている唇のあわいから、白い歯が覗いている。目を閉じているものの、瞼の下で眼球が動いているのがわかる。

　最初に戻って乳房を揉みほぐしながら、果実を吸い上げた。

「んふ……」

鼻から喘ぎが洩れると同時に背中が浮き上がり、胸が突き出された。

乳首はいくら触れていても飽きない。舌先でつついては捏《こ》ねまわし、吸い上げる。

足指の擦れる音がする。焦らされているのを紛らすために、小夜は指をこすり合わせている。

ようやく、もっとも淫靡《いんび》で美しい花園を目指すために、須賀井は少しずつ下腹部へと移っていった。

うっすら汗ばんだ肌もいい。若者特有の、くびれたウェストト。愛らしい臍《へそ》の窪み。すべてのところに舌を這わせていく。

淡い翳《かげ》りに辿り着くと、掌で撫でまわし、柔らかい茂みを楽しんだ。頬をすりつけ、別の皮膚でも若草の感触を楽しんだ。そして、ようやく肉のマンジュウをくつろげた。ほのかなメスの匂いが鼻孔に触れた。

かすかな匂いだというのに、どうしてこれほど強烈に脳天を刺激するのか。この匂いを嗅《か》いでしまうと、忍耐強い須賀井でさえ、股間でひくついている剛直をなだめるのに苦労する。

くつろげた肉のマンジュウを元に戻し、翳りの生え際に唇を這わせていく。

「あう……あ……小父さま……あん」

くすぐったさと快感の狭間で、小夜が腰をくねらせる。優雅な舞のような、どこまでも流麗な動きだ。

翳りを載せた肉のマンジュウも内腿も、ねっとりと汗ばんでいる。汗にも甘やかな香りが含まれていて、あたりに遠慮がちに放たれている。

「小父さま……小夜、泣きたくなるの……気持ちよすぎて泣きたくなるの」

まだ肝心のところは触っていないというのに、小夜はすでに絶頂など無意味なほどの悦楽の海に浸《つ》かっている。精など放たなくても、須賀井も小夜の快感を我が身に感じることで、心も躰も満たされていた。

小夜の中心付近に舌と唇を這わせていた須賀井は、ふたたび肉のマンジュウのワレメをくつろげた。

香しいメスの匂いがこぼれ出た。そして、蜜《みつ》にまぶされた、きらめく器官が現れた。

何度見ても息を呑んでしまう。生殖器というより、神聖な器だ。神の最高の創造物だ。どの女より美しい色と形を持った器官を、神は小夜に与えたのだ。

アワビは男と何度も躰を重ねた成熟した女の器官のようで、ムール貝の剝《む》き身は愛らしいものの縁が黒く、淡い色の花びらを持つ小夜の器官とはちがう。小夜の器官は、赤貝にいちばん近いかもしれなかった。

「見ないで……そんなに……小父さま……恥ずかしい……だめ……いや」

小夜が脚を閉じようとする。けれど、躰を割って入っている須賀井に邪魔され、閉じられない。今度は、手で女園を隠そうとした。

両手首をひとつにして腹部のあたりで押さえておき、左の指をVの字にひらいて、花びらの尾根を舌で辿った。

「あはあ……」

尻が8の字を書くようにくねった。

ぬるぬるの女園は、やや塩気を含んでいる。ぬめりを残らず味わうように、なま暖かい舌を器官の隅々にまで滑らせていった。だが、絶頂が訪れないように、強い刺激は与えない。

絶えず、足指を擦る音がする。小夜が達したがっている。

「小父さま……ね、小父さま」

小夜の腰が、最初は遠慮がちに、けれど、そのうちに、恥ずかしいほど前に突き出された。

須賀井の肉茎も、透明液を滲《にじ》ませていた。それを秘口に押し込めば、どんなに気持ちがいいだろう。だが、もう少しだけ口で触れていたい。

須賀井は花びらを辿り、唇で挟んで軽く吸い上げ、聖水口も舐めまわした。

「そこ……ああ、そこ……気持ちいい……小父さま……あはあ」

聖水口にも快感を覚えている小夜が愛しい。もう少し下り、秘口にも舌を入れ、浅い部分で出し入れした。

　まだ愛撫していないところは、後ろのすぼまりだけだ。

　押さえていた両手を放し、太腿をMの字に高く押し上げた。

　臀部がシーツから浮き上がった。サーモンピンクの硬いすぼまりも、よく見えるようになった。会陰を辿りながら、快感と羞恥にひくつく後ろのつぼみに向かっていった。

　溢れる蜜がしたたり落ち、会陰からすぼまりにまで届いている。

　須賀井の頭のすぐ上で、足指の擦れる音がする。

「小父さま……恥ずかしい……あは……小父さま」

　花びらが充血している。顔を出している肉のマメが、宝石のようにきらきらと輝いている。

　須賀井は興奮している小夜の器官に満足した。後ろのすぼまりを舌先でつついて捏ねまわした。

「ううっ……くっ……んんっ」

　須賀井の肉茎にも大きな快感が伝わってくる。絶頂間際の小夜がわかる。

　須賀井は女の器官全体を口に入れた。そうやって、べっとりと下から上に向かって舐め上げた。

　小夜の短い声と同時に躰が硬直した。細かな震えが総身を襲った。

須賀井も小夜の法悦を全身で感じ、声を上げた。いっしょに快感を感じていただけに、挿入など、今さらどうでもよかった。

ぐったりした小夜に寄り添った。鼓動も伝わってきた。

どれほど時間が経ったか、気怠《けだる》さから抜けきっていない小夜が、須賀井のものに手を伸ばした。

「いいんだ……十分に楽しんだ」

「私もオクチでしてあげたいの」

さっきと逆の体勢になり、小夜が須賀井の太腿の間に躰を入れて顔を埋めた。

可憐《かれん》な唇が、萎《しお》れていた一物に口づけ、根元まで咥《くわ》え込んでいった。柔らかな茎は、すぐに硬く反り返った。

3

「お養父さまは、あいにく留守なんです。いつ帰ってくるか、きょうは時間がはっきりしなくて」

近くまで来たからと、電話をかけてきた貴子を迎え入れた小夜は、申し訳なさそうに言った。

「突然だったし、小夜さんに会いたかったからいいのよ。きれいなお養母さまにもね」

貴子は黒いパンタロンスーツで、前回より、いっそう颯爽としていた。

「ごめんなさい……お養母さまも、ちょっと出かけているんです」

「あら、お買い物？」

「いえ、用事で。夕方まで戻ってこないんですけど……」

小夜はますます申し訳なさそうに目を伏せた。

「いいかしら……誰もいらっしゃらないときにお邪魔して」

「ええ。先生さえよろしかったら」

「小夜さんとたくさんお話ができるから嬉しいわ」

日本間に貴子を通した小夜は、冷えた麦茶と水羊羹《みずようかん》を運んだ。

「ここはいいわね。お屋敷に入ると贅沢な気分になるわ。この広いお屋敷に小夜さんとふたりきりなんて、ますます贅沢ね……あら、変な言い方だったかしら……」

貴子は自分の言葉に困惑している。

「今は慣れましたけど、ここに来たころは、ひとりになると淋《さび》しい気がしていました。夜は特に……」

ひとりの夜が耐え難く、アブノーマルな彩継と緋蝶の行為を覗き見ることになった。ふっと口にした過去のことで鮮明な蔵の映像が甦り、小夜は喉《のど》を鳴らした。

「今は大丈夫です……」

小夜は笑いを装った。

彩継は、ときおり故意に、緋蝶との営みを小夜に覗かせることがあった。

『工房の鍵《かぎ》はかけていない』

彩継はそう言って、緋蝶と蔵に消えていく。

見ないでいよう……。

そのつど思うものの、最後は蔵に向かってしまう。

緋蝶の乱れた髪、喘ぎ声、色っぽく染まった肌……。

小夜は緋蝶の美しさというより、女の艶やかさに、毎回、息を呑んだ。

椿屋敷に来てまもなく、最初に、ふたりの異常な行為を見たときは、夢であってほしいと思った。忌《い》まわしかった。

今は、いつ、その日が来るかと心待ちしている。彩継の緋蝶への責めを見ていると、躰がおかしくなる。乳首や肉のマメがトクトクと脈打ってくる。そして、いつしかショーツがぐっしょりと濡れていた。

「卍屋の小父さまのこと、ごめんなさい。本当にお養父さまったら……」

小夜は妖《あや》しい映像を振り払った。

「須賀井さんがお気の毒ね。私のような者といっしょにさせられようとしたんじゃ」

「そんな……先生はきれいで優秀で、性格もとってもやさしくて、どんな人と結婚なさってもおかしくありません」

小夜は掛け値なしにそう思った。ただ、須賀井が最初の男だというだけでなく、今も深い関係を続けている相手だけに、須賀井とだけはいっしょになってほしくなかった。

「私なんかより、須賀井さんのほうが、やさしそうでいい方だわ。言い寄る人はいくらでもいたでしょうに」

須賀井が、なぜ、いまだに結婚していないのか知っているだけに、小夜は貴子に隠し事をしているのが後ろめたかった。

「人それぞれね。結婚がすべてじゃないし。小夜さんはもうじき二十歳《はたち》。きっと申し込みが殺到するわね。今でも大変かしら」

「いえ……」

「好きな人はいるの？」

「いえ……」

彩継と接点がある者には、瑛介のことも話してはならない。万が一、洩れたときのことを考えると、貝にならなければならない。小夜はますます貴子に後ろめたさを感じた。

「あんまり言い寄られると鬱陶《うっとう》しくて、男性がいやになるかしら」

「そんな……」

「男の人が嫌い？」

「えっ？」

「いろんな人がいるから。同性とじゃないとだめだという人とか。今の時代は珍しくなくなったわね。まだまだ偏見もあるけど。小夜さんはずっと女子校よね。あなたは優秀だから、国立のいい大学だって大丈夫だったのに、やっぱり女子大のほうがよかったの？」

「国立の受験を考えたこともありましたけど、お養父さまが心配して……変な虫がついたら困るからって」

小夜はクスリと笑った。今では、共学でなくてよかったとも思っている。大学生になって、どれだけの男達から誘われたかわからない。

通学途中、友人とたまに寄るカフェやファミリーレストラン、あるいは駅で、男達は声をかけたり、手紙を渡したりする。小夜は断るのが苦手で、何とか避けてきたものの、できるだけひとりにならないようにしていた。

共学の大学に通っていたら、もっと複雑なことになっていたかもしれない。瑛介がいて、須賀井がいて、彩継がいる以上、他の男とつき合ってみたいという気持ちはなかった。他の誰にも、三人以上の特別な気持ちを感じることができなかった。

「小夜さんのような可愛い娘がいたら、お養父さまでなくても心配なさるわ。でも、本当に彼はいないみたいね。お養父さまがね」

そこで、貴子は思い出し笑いした。

「小夜さんに誰か好きな人はいないかって訊かれたの」

小夜は動悸がした。

「私の知る限り、いないようですって言ったら、ほっとなさってたわ。父親って、昔から、母親以上に娘のことを心配するものって相場が決まってるわね。連れ合いを、相手の御両親から奪っておきながら、男って勝手なのかしら」

貴子が、また笑った。

「嫁をもらう、嫁に行くって時代じゃなくなったけど、それにしても、父親って困ったものね」

「実の子じゃないだけに、よけいに心配してくれているんです。実の父に対して責任があるからって」

「ふたりも素敵なお父さまがいらしていいわね。どちらとも行き来できて、上手くいっていて。小夜さんの性格だわ。私も大好きよ。小夜さんほど素敵な教え子はいないわ」

「先生にそんなことを言っていただけるなんて、とても光栄です」

「私といて、いやじゃない？」

「どうして……？　とても安心していられます」

「それを聞いて嬉しいわ。就職のこと、何か考えてるの？」

就職の話が出てくるとは思わず、小夜は面食らった。

「あら、びっくりしたみたいね。でも、すぐよ」

「そうですね……でも、お養父さまは、就職なんかしなくていいと言うんです」

「家で花嫁修業？」

「それは、もっとさせたくないと思います」

「そうかもしれないわね」

貴子が笑った。

小夜には彩継の気持ちはわかっている。それだけに、いつか瑛介との関係に決着をつけないといけないときが来るかもしれないと思っていた。

瑛介が小夜との結婚しか考えていないとなると、彩継が許さないとわかるだけに、いつまでも期待を持って待たせるわけにはいかない。けれど、瑛介と別れ、瑛介が別の女と結婚することは想像できなかった。

　今のままの状態がいつまでも続くなら……。

　瑛介と須賀井と彩継と接することで、それが厄介なことにならなければ……。

　小夜はそう願っていた。

　小夜を抱くときの須賀井の満ち足りた顔を見ると、小夜も満ち足りた気持ちになる。母の胡蝶との愛を成就できなかった過去を知り、よけいに須賀井の幸せを願うようになった。

　彩継は病的なほど嫉妬深い。しかし、それが深い小夜への愛に根ざすものだということもわかっている。

　死さえ口にしたことがある彩継。殺気さえ感じた、かつての蔵での言葉や表情は、小夜の脳裏から消えることはなかった。

「就職のことだけど、いくら小夜さんのことを心配なさっているお養父さまでも、大学に残ることには反対なさらないのじゃないかしら」

「大学に残る……？」

「私、今は助教授だけど、小夜さんが卒業するまでには教授になれるような気がするの。ともかく、遅くてもここ三、四年のうちには。そしたら、私を手伝ってほしいの。化学の実験なんかをするわけじゃないし、そばにいて雑用でもしてくれればいいの……あら、雑用だなんて失礼かしら。気に障ったらごめんなさいね」

思ってもみなかった言葉に、小夜は光明が射《さ》した気がした。

ここには財産もある。彩継の人形の値段は跳ね上がる一方だ。小夜が稼ぐ必要はない。彩継は小夜が外に出るのを極端に嫌っている。異性との接触を断ちたいのだ。かといって、女だけの職場など限られている。つまりは、就職など無理かもしれないと思うようになっていた。

そうなると、須賀井と会うのは何とかなっても、瑛介に会う口実はどうしたらいいのか……。

すでにそんなことまで考えていただけに、貴子の言葉は渡りに船だ。

「先生のお手伝いができるなら嬉しいです。お養父さまだって、きっとすぐに賛成してくれます。卒業した後、外に出られなくなったらどうしようって、私、本当のことを言うと不安だったんです」

「その言葉を聞いて嬉しいわ。何としても、小夜さんの卒業までには教授にしてもらわなくちゃ。助教授のままでもお手伝いしてもらうけど。あら、もう勝手に決めてしまってるわ」

貴子の笑いに誘われ、小夜も笑みを浮かべた。

とりとめもない話が続いた。

やがて、緋蝶が帰宅した。

「まあ、先生……」

「急にお邪魔してしまいました。申し訳ございません」

「今、いらっしゃったんですか？　お茶、空になっていますね。すぐにお淹《い》れしますわ」

「おかまいなく。もう二、三時間も前からお邪魔しているんですから」

「話に夢中になっていたの。お養母さま、卒業してからの就職が決まったのよ」

小夜は弾んだ声で言った。

「お養父さまも文句は言えないわ。だって、先生が、大学に残って手伝いをしてほしいっておっしゃったんだもの」

「まあ、先生のお手伝い？」

「最後はご両親に許していただかないといけませんけど、私の希望なんです」

「きっと、柳瀬も喜びますわ。先生のお手伝いなら安心ですもの。小夜ちゃんのことが心配で心配でならないんです」

「じゃあ、お養母さまは賛成ね？」

「もちろんよ」

「あとはお養父さまね。早く帰ってこないかしら」

「今から就職が決まってしまったら、瑠璃子《るりこ》ちゃんが羨《うらや》ましがるんじゃないの？」

「ぜんぜん」

緋蝶の問いに、小夜は首を振った。

「瑠璃子はね、頭脳明晰、容姿端麗、お金持ちのお坊ちゃまが百人以上いるような大企業でないと就職するのはいやなんですって」

緋蝶と貴子が目を合わせ、そのあと吹き出した。

第二章　女と妖精

1

瑛介の知り合いのマンションに入り、ドアの前に立ったものの、小夜は気が重くなった。

「やっぱりいや……ここはいや。入りたくない……」

「だったら小夜の嫌いなところに行くか？」

ラブホテルのことだ。部屋に入ってしまえば、ふたりだけの世界になるが、出入りのときに神経を遣う。知り合いに見られたら……という心配が、いつも脳裏から離れなかった。

椿屋敷も瑛介の家も、ふたりの時間を過ごすには危険すぎる。そのため、夏休みに帰省している瑛介の友人の部屋を借りての逢瀬ということになったが、見知らぬ他人が生活している部屋で男女の営みをするには抵抗があった。

気のいい奴だし、彼女と過ごしたいと言うと、快く承諾してくれたと瑛介は言った。しかし、小夜は会ったこともない瑛介の友人の部屋に、主《あるじ》がいないときに入るのは気がすすまなかった。まして、他人のベッドは使いたくない。

「ここじゃだめ……やっぱりできないわ」

小夜が断ると、瑛介は溜息をついた。

「長い夏休みだというのに、何回、小夜と会えるかな……これが俺の最後の夏休みだ。来年は就職だからな。そしたら、アフターファイブが自由になるかどうかもわからないし、自由になったとしても、小夜の夜の外出は小父さんがいい顔しないだろうし」

小夜も瑛介との時間を、いくらでも持ちたかった。けれど、それには場所がいる。互いの家は使えない。

「俺は就職したら家を出る。部屋を借りる。そうしたら、いつでも自由に小夜を呼べるしな」

「そんな……父も小母さまも哀しむわ」

「いや、ふたりだけがいいかもしれない。再婚同士の新婚生活を、俺が最初から邪魔してしまったんだからな。俺がいなくなって初めて、ふたりの新婚生活がはじまるのかもしれない」

今まで、景太郎も愛子《あいこ》も、瑛介がいないと淋しいだろうとしか思わなかった。だが、言われてみると、ふたりが再婚したとき、高校生の瑛介がいたことで、男女の営みも遠慮しながら、ひっそりと行っていたのかもしれない。

「俺が家を出れば、年の離れすぎた弟か妹ができるかもしれない。きっとお袋、まだ赤ん坊ぐらい産めるぞ」

「ばか……」

小夜は、父親の営みを想像するのは恥ずかしかった。五十路半ばの景太郎が、愛子とそんなことをしているのだろうかと、信じられない気がする。だが、景太郎より八歳も年上の彩継でさえ、緋蝶をアブノーマルに抱くだけでなく、小夜にも破廉恥なことをしている。景太郎が夫婦の行為をしていないはずがなかった。

「小夜、このままどこかでコーヒーを飲んで帰るなんて言わないよな？　行くぞ」

ラブホテルの出入りは怖い。だが、喫茶店で過ごすだけでは、瑛介が哀れすぎた。

「入りやすいところがある。大丈夫だ」

瑛介はある場所までタクシーを使い、先に歩いていった。小夜は二メートルほど後ろを、他人の振りをしてついていった。

知り合いに会いませんように……。

小夜はホテルに入るときは、いつもそう祈った。

深い関係を続けていながら、須賀井にだけは瑛介のことを話せる。それが、せめてもの不安の捌《は》け口になっていた。しかし、須賀井に話すことで、須賀井だけでなく、瑛介への罪の意識も持つことになる。しかし、三人との関係は、どれを断ち切ることもできなかった。

瑛介の後ろを歩いていると、ホテル街に入った。

瑛介は四つ角でちらりと小夜を振り返り、角のホテルに入った。

小夜は後ろを振り向いた。誰もいない。前から来る者もいない。一秒を争うように瑛介を追っていた。

小夜はストレートのロングヘアで顔を隠した。素早く部屋を決めてキーを手にした瑛介の背後で、うつむきながらエレベーターに乗った。

「もう大丈夫だ」

ドアが閉まると、瑛介は小夜の髪を掻《か》き分け、唇を奪おうとした。

「まだだめ」

小夜は慌てて顔をよけた。

「部屋まで待てないぞ」

硬いものが小夜の下腹部に当たった。

「な？」

「だめ……」

　瑛介の剛直に貫かれてひとつになる瞬間を思い、小夜は、じわりと広がっていく幸福感に満たされた。けれど、廊下で別のカップルに会う可能性もあり、部屋に入るまで緊張する。

　エレベーター近くの部屋だった。

　部屋に入ってドアを閉め、緊張の糸がほぐれた瞬間、瑛介に抱き寄せられた。すぐに舌が入り込んできた。小夜も瑛介の舌に自分の舌を絡めた。

　瑛介の心臓の音が伝わってくる。小夜の鼓動も瑛介に伝わっているだろう。

　立ったまま、抱き合って唾液をむさぼりあった。いくら唇を合わせていても飽きない。何かを考えているわけでもない。ただひたすら、相手の舌の動きに反応し、求めあうだけだ。

　これが至福の時かもしれない。小夜は、このまま時間が止まってしまえばいいと思うことがあった。

「毎日、こうやって、ふたりで過ごせればいいな」

　瑛介が唇を離した。

　小夜は何とこたえていいかわからなかった。

「就職して、早く独り立ちしたい。どう頑張っても、今のような贅沢はさせてやれないかもしれないけど」

瑛介が結婚を匂わせるたびに、小夜は嬉しいより困惑した。彩継はどうなるだろう。須賀井はどうなるだろう……。

小夜が去った後の、ふたりの孤独を思うと、いくら瑛介を愛していようと、容易に結婚を考えることができない。

「小夜は一度だって、俺といっしょになりたいと言ってくれないな。いつも黙り込むだけだ。小父さんのことか？　だけど、いずれ、小夜は結婚するんだ。小夜をあそこから出したくないというなら、養子に入るさ。小父さんが許してくれたらだけどな。絶対に無理か？」

瑛介は笑いを装った。

「結婚なんて……まだ考えられないの……瑛介さんのことが好き……だけど」

「好かれてるのはわかってるさ。さんざん焦らされたけど、俺にヴァージンをくれたし、小夜のようなもてる女が、俺とだけつき合ってくれてるし」

いまだに最初の男と信じ切っている瑛介に、小夜の心が痛んだ。だが、今さら事実を話しても、それが何になるだろう。瑛介を傷つけるより、自分だけ心の痛みを感じているほうがいい。しかし、それは体のいい言い訳でしかなく、単に狡猾《こうかつ》なのかもしれないと思うことがあった。

「風呂、入れるぞ。全部洗ってやる。アソコは特に念入りに」

さっさと裸になった瑛介は、風呂から戻ってくると、小夜が背中を向けて服を脱いでいくのを見つめた。だが、初めて見る甘いピンクのインナーに、じっとしていることができず、正面に立った。

キャミソールを脱がせると、揃いのブラジャーとショーツには、地色のピンクよりやや濃いめの花の刺繡《ししゅう》やリボンがついている。

「女の下着って、どうしてこんなに可愛いんだ。お袋なんか色気ないから、親父とふたりきりになったらスケスケでも着てみせればいいんだ。親父も張り切るぞ」

「ばか……そんなことばっかり」

親父というのが実の父でもあるだけに、小夜は恥ずかしくてならなかった。

「天使がいるとしたらこんな感じだな。こんな可愛いピンクの下着をつけててさ」

「瑛介さんったら、変なことばっかり言うんだから。天使が下着なんかつけてるはずがないわ」

「天使は裸だったか？　だけど、鏡、見ろよ。な？　背中に羽が生えてるみたいだろ？」

ベッドの右の壁は、天井までの大きな鏡だ。小夜はそこに映った自分を眺めた。

自分の躰で不満なところはない。彩継や須賀井や瑛介に、きれいだと言われながら生きているからだろうかと思うことがある。

大きすぎず小さくもない乳房も、ウェストのくびれも、腰の大きさも、足も手も、これでいいと思っている。だからといって誇らしいというほどでもなく、肌を晒《さら》すときは、いつも羞恥心が伴っていた。

「な、天使みたいだろ?」

背後の瑛介が、自分の両手を羽に見立てて背中から少しだけ出した。愛らしいピンク色のインナーが、全体をやさしくしているのがわかる。

瑠璃子と買い物に行き、ふたりとも気に入ったインナーだ。小夜はピンクを買い、瑠璃子は色違いの黒を買った。瑠璃子は大人っぽい下着を好む。ますます同じ歳《とし》には見られなくなった。

「どうだ?」

「せいぜい天使もどきね」

小夜が笑うと、瑛介がベッドに押し倒した。

「天使相手にはセックスなんかできないと思ったが、天使もどきならセックスできるな」

瑛介はブラジャーを引き下ろし、乳首に吸いついた。

「あう! せっかち! お風呂……あう……お湯がいっぱいになるじゃない」

「ここは自動的に止まるようになってる」

「やっぱりここ、初めてじゃないのね」

瑛介が他の誰かを抱いていると思うと、嫉妬めいた感情が湧《わ》いてくる。並行して、瑛介だけの自分ではないと思うことで、わずかな安堵《あんど》も覚えることができる。

「このホテルは昔からあるんだ。角地で、入口は、ちがう道から二カ所。どっちからも出入りできる。人を気にする小夜にはぴったりなところがあったと思い出したんだ。小夜と知り合うずっと前のことさ。妬《や》いてくれるのか」

瑛介は、また乳首を口に入れた。

乳首を玩《もてあそ》ばれると、肉のマメのあたりが疼き出す。激しい口づけをしているときもそうだ。どこを愛撫されても、すべての快感が下腹部へと伝わっていく。そして、太いものが欲しくてならなくなる。

若い瑛介は須賀井のような丁寧な愛撫をしている余裕はなく、乳首を吸いながら、早くもショーツへと手を伸ばし、ずり下ろし、翳りを撫でた。そして、肉のマンジュウのワレメに指を入れた。

「あう……だめ……お風呂に入りたいの。汗をかいたのよ」

「どうせ、また汗をかくんだ。いちど終わってからでいいだろう？　もう濡れてる」

瑛介は柔肉の内側の花びらのぬめりを確認すると、いったん指を離し、ショーツを足首から抜き取った。

「これ、持って帰っていいだろ？　新しいのを買ってやるから」

瑛介は小さな布片に、いつになく興味を示した。

「いや……何も穿かないで歩けるはずがないわ」

「穿いて出て、インナーショップで買って、穿き替えたらいいだろう？」

「ブラジャーとキャミソールとお揃いなのよ」

「じゃあ、また同じのを買えばいいだろう？　揃いなら、ブラジャーももらうか。買ってやるから」

「洗濯してからでないといや」

「洗濯なんかしたら意味がない」

「ばか……」

「小夜は男心がわからないんだからな。男ってのはな、女のつけてた下着に興味があるんだ。毎日会えるわけじゃないんだ。好きな女の下着でも触っていたいさ。小夜の分身だ」

「そんなこと言ったって……」

「俺のこと、好きならくれるよな？」

「すぐそうやって……」

「よし、決まりだ」

瑛介は勝手に決めて、また指を肉のマンジュウのあわいに押し込んだ。

「きょうはゴムつけなくても大丈夫か？」

生理前の小夜は、大丈夫なはずだと頷いた。

「だけど、いつもつけてたほうが、私は安心できるんだけど……」

「子供ができたら産めばいい。俺は逃げたりしない。むしろ、できてくれたほうがいいんだけどな」

「絶対にだめ」

腹部がふくらんでいく自分を想像すると、彩継の怒りの顔が浮かんだ。

花びらと肉のマメを少しいじりまわして、ぬめりを再確認した瑛介は、亀頭を秘口にあてると、奥まで沈めていった。

「いい……小夜のここは最高だ……こんな気持ちのいいヴァギナはないぞ」

肉ヒダを押し広げて、一気に沈んだ肉茎の感触が、小夜にも心地よかった。

二度と味わいたくないと思った破瓜の痛みが、今は懐かしい。最初の痛みも出血もない女もいるらしいが、今は、激しい痛みや出血があってよかったと思っていた。あの痛みを与えた相手だからこそ、須賀井と瑛介と彩継から離れられないのだと思うこともある。

痛みが消え、快感を覚える日が来るなど、あのときには想像もできなかった。

「たまにしかできないから、じっくり前戯なんかしてる余裕がないんだ。ムスコが痛いほどヒクヒクして。だけど、すぐに小夜は濡れてくれるから、せっかちでもいいかなと思ってしまう。俺、下手かな？　自分じゃ、上手くはなくてもまあまあだと思っていたのに、最近は自信がなくなってきた。下手か？」

「上手いか下手かなんて……そんなの、わからないわ……それに、私は今のままでいいの……こうしているだけで気持ちがいいし」

「俺しか知らない小夜に、上手いか下手かなんて訊くだけ野暮だよな。それに、小夜が言うように、こうしていて気持ちよければいいんだ。幸せだったらいいんだよな。あれから三年も経つのに、小夜に会うと、どうしてもせっかちになる。今度はじっくり前戯をして……なんて考えてるのに、やっぱり会うとこうだ。勝手な男だな」

瑛介は小夜の鼻頭に唇をつけると、腰を動かしはじめた。

「どんな形がいい？　正常位でも気持ちいいけど、もっと気持ちいい形はあるか？」

小夜は小首をかしげた。

「俺、上に乗ってしてもらいたいなと思ってたんだ。だけど、いつも、言おうとしている間に忘れてしまって。ようするに、何でもいいんだけど、今から騎乗位でやってみよう」

躰がいったん離れた。

瑛介が仰向《あおむ》けになった。

「俺に跨《また》がって、自分でアソコに俺のものを入れてみろよ」

いつも受け身の小夜は、瑛介に動いてもらうほうがよかった。それでも、瑛介に望まれると、やってみるしかない。

遠慮がちに瑛介に跨った。だが、自分で屹立《きつりつ》を取り、秘口に導くにはためらいがある。

「自分で入れてみろよ」

「いや……」

「恥ずかしいのか」

小夜はうつむいた。けれど、うつむくと、視線の先に透明液を滲ませている屹立が目に入る。

小夜は剛直を軽く握って二、三度しごくと、手前に引っ張ってきて手を離した。屹立が腹に当たった。小夜は何度か繰り返して笑った。

「こんなときに遊ぶなよ。早く入れてくれよ」

「だって、これ、面白いから。いつもはちっちゃくてやわらかいのに、こんなになるなんて。鉄みたいに硬くなって、こうなると、お小水は出なくなって、お小水の出るところから精液が出て」

小夜は親指と人差し指で鈴口をくつろげた。今度はその小さな口を、閉じたりひろげたりして玩んだ。

「焦らしてなんかないわ。面白いから遊んでるだけ。ここのオクチ、可愛い。あら、今、コンニチハって言ったみたい」

「俺が興奮しているのがわかっていて焦らしてるな」

小夜はピンクの小さな鈴口を何度もひらいては閉じ、くっと笑った。

「こら、小夜、腰を上げろ。いい加減に入れてくれないと怒るぞ」

「怒ったらどうなるの？」

怒る気配のない瑛介に、小夜は相変わらず鈴口を玩びながら訊いた。

「襲ってやる！」

小夜の手を鈴口から退けた瑛介は、バネのように半身を起こすと、そのまま小夜を押さえつけた。そして、反り返ったものを柔肉のあわいに押し込んだ。

小夜の口から喘ぎが洩れた。

「俺は騎乗位でしたいんだ。離れたら承知しないぞ」

瑛介は小夜を抱いてゆっくりと回転した。小夜が上になった。

「躰を起こせよ。もし外れたら、小夜が死ぬまでアソコを舐めまくるからな。このままのアソコを」

小夜は、そっと躰を起こした。

「さあ、動け。自分で動いた方が気持ちいいだろう？」

「外れそう……」

「外れたら、また入れるだけだ。動いてみろ」

小夜はゆっくりと腰を浮き沈みさせた。

「どうだ？」

「下のほうがいい……」

「たまには変わった体位がいいだろう？　おお、いいぞ。小夜は上でも下でも最高だな」

小夜はゆっくりしか動けない。初めてのことで、快感を求めるより、外れないようにと気を遣うだけだ。そんな小夜を瑛介は楽しそうに見上げている。

瑛介の手が小夜の肉のマメへと伸びた。

「美味そうに丸々と太ってるぞ」

サヤの上から小さな宝石を揉みしだきはじめた瑛介に、小夜は鼻からくぐもった声を洩らして身悶えた。

「ちゃんと腰を動かしてな」

「だめ……オユビで……そこを触られると」

小夜は腰を沈めたまま胸を突き出した。

「おう、ヒダがヒクヒク動いてる。クリトリスがビンビン感じてるな」

「あう、瑛介さん……あっ……」

「ぬるぬるだ……おう……締まる……小夜、最高だ。腰、動かせよ」

「あん……だめ……だめ……動かせない……瑛介さん」

小夜の小鼻が動いた。半びらきの口から甘い声が洩れ続ける。

「ああ……いきそう……いきそうなの」

「俺もいきそうだ。いけよ」

瑛介はヌルヌルの肉のマメを、今までより強く揉みしだいた。

短い声をあげた小夜が眉間に皺を寄せて痙攣《けいれん》した。

「おおっ、凄《すご》いぞ！」

肉茎の根元をキリキリと締めつけられ、瑛介は息を止めた。

「よし、いったな。食いちぎられるかと思った……今度は俺が」

瑛介は下から小夜の腰を突き上げた。

「あうっ！　だめっ！」

「小夜、イクぞ！　おおっ、凄いぞ！　小夜っ！」

内臓を突き破るような勢いで下から突き上げていた瑛介が、ピタリと動きを止めた。

瑛介の樹液が小夜の躰の奥深く、ほとばしっていった。

2

工房に入った貴子は、彩継のつくりかけの人形を眺めた。

「著名な人形作家の工房に入れていただけるなんて光栄です。けっして華奢《きゃしゃ》とはいえない、その手で創られるんですね」

貴子は彩継の手を見つめた。

「ぶきっちょそうな手に見えるでしょう？」

「そんな……でも、小夜さんが、ほっそりした手で創ったと言われたほうが納得しやすいかもしれませんね。こんなにきれいなんですから」

貴子は横にいる小夜の手を取った。

「小夜が創った人形もありますよ」

「えっ？　小夜さんが創っているとは知りませんでした。ぜひ見せていただきたいわ」

「まだだめです……お養父さまの創ったお人形を見ると、恥ずかしくて他の人に見せることなんてできません」

「でも、見たいわ」

「もう少ししてから……今はまだ」

彩継の未完成の人形を見ていると、小夜は自分の創ったものは完成しているものであっても、所詮《しょせん》、未完成でしかないのを思い知らされる。まだ人前に出す勇気はなかった。

「見たいわ。そのうち、見せてちょうだいね」

「お養父さまのだけご覧になっていたほうが、目の保養になると思います」

「でも、小夜さんがどんなものを創るか、興味があるの。いつか先生と、親子展でも開かれるといいでしょうね」

「その日が来るといいと思っています。今はどうしようもありませんが、小夜にはいい感覚があるんです。手先が器用なだけでは作家にはなれません。芸術にはすべて鋭い感覚が必要です。娘だからというわけではありません。小夜は、その気になれば何とかなります」

「お養父さま……」

初めて聞く言葉に、小夜は驚いた。

「大学を出たら先生の手伝いをということですが、私は小夜にここにいてもらって、私の持っているすべての技術を小夜に教えたいと思っています。私を継ぐ作家になったときの名前も考えているんですよ」

彩継は本当に、小夜に才能があると思っているのか……。そうではなく、この屋敷から出さないようにするために、ことさら才能があると言っているだけではないのか……。

彩継ほどの作家が自分の人形を誉めてくれたと喜んだのもつかの間、小夜に疑問が芽生えた。

「世界的な先生のお言葉なら、小夜さんには間違いなく才能があるのね。凄いわ。でも」

貴子は最後に溜息をついた。

「私の手伝いはしてもらえないってことなのかしら……先生、そういうことですか？」

「ここにばかりいては退屈でしょうから、週に一、二度は先生の手伝いもいいかと思っています。でも、そうなると、こっちの勝手で、先生がお困りでしょうし」

「いいえ、たいした仕事はないんです。週に一、二度でも小夜さんに来てもらえると助かります」

小夜を傍らに置いて、貴子と彩継が勝手に話をしている。毎日ではなくても、週に一、二度でも貴子の手伝いをしに外に出られるのを、よしとすべきだろうか……。小夜は須賀井や瑛介との逢瀬を思い浮かべた。

「小夜さん、きっとお手伝いしてね」

「ええ……。私、お人形が大好きです。小さいときからお養父さまの人形を見てきましたから。でも、才能があるとは思えないし……先生のお手伝いを毎日したほうがいいと思うんですけど……」

「おまえは自分の才能に気づいていない。才能がなければ適当に誉める。適当に土と遊んでいればいい。だが、才能がある者には厳しくする。才能があっても半端な気持ちでは成功しないからな」

彩継は貴子を前にしていても、きっぱりと言い切った。

「将来の先生の二代目に、私のお手伝いなんかしてもらうには申し訳ないと思うようになったわ……でも、できるなら、小夜さんみたいな素直な女性に手伝ってほしいの。ずっと無理ならしばらくでも。お願いできない？」

「しばらくなんて……いつまででも」

自分から頼みたいほどだ。大学を卒業してから、彩継に疑惑をもたれずに外に出るには、貴子の手伝いをするしかない。年中、屋敷にいて、たまの外出しかできず、それも、緋蝶や彩継同伴ということになれば、瑛介との時間などつくれなくなる。須賀井とも、今のようなことはできなくなるかもしれない。

「小夜は先生に好感を持っているようです。いい先生がいてくれてよかったですよ。先生の手伝いなら、私も強いて反対することはないですが、いずれ、小夜が人形作家として認められるようにするつもりです。そうなったら、人形だけに力を入れてもらうつもりですから」

「世界的な人形作家の先生がお養父さまで、小夜さん自身に才能があるのなら、素晴らしい人形作家として認められる日が来るのは間違いありませんね」

貴子は彩継にそう言うと、今度は小夜に顔を向けた。

「最初のお人形は手放せないでしょうけど、ふたつめか三つめのお人形、私に譲ってほしいの。どんなに高くても買いたいわ。約束してくれないかしら」

「そんな……代金をいただけるようなものが創れる日がくるなんて、今の私には考えられないんです。趣味の領域を越えられるかどうか……」

今まで、これといった将来の仕事を考えたことはなかった。人形を創るのは好きだが、彩継の技術が素晴らしいだけに、自分の創るものは子供のお遊び程度のものとしか思えない。

彩継の創る生き人形のように、恐ろしいほどリアルなものが創れるならと思うことはある。しかし、自由がなくなることを思うと、複雑だ。

初めて彩継に抱かれようとしたとき、もっと自由がほしいと小夜は言った。それに対して、初めての男になれたらと、彩継は言った。

彩継は小夜を抱き、勝手に処女と思い込み、それから、以前より小夜を自由にさせるようになった。とはいえ、小夜も奔放に動いてきたわけではない。やはり彩継を意識し、須賀井や瑛介との関係を悟られまいと、細心の注意を払ってきた。極端に帰宅時間が遅くなったり、無断外泊したりするようなことはなかった。

今になって、なぜ、もっと自由に家を空けなかったのかと後悔している。彩継を慣らしておくべきだった。急に変わった行動をとると怪しまれ、詮索《せんさく》されるだろう。

「小夜さんの将来が楽しみだわ。先生のように人気作家になってしまったら、自由な時間もなくなるかもしれないわね」

「そんな……」

「いいえ、大先生が太鼓判を押して下さったんだもの。今のうちに遊んでおかなくちゃだめよ。来週、父の残した別荘に四、五日、遊びに行くつもりなの。小夜さんもどう？　先生、小夜さんをお連れしてよろしいでしょう？　小夜さんの都合が悪ければ、日にちをずらすわ」

貴子はすでにその気になっている。

「奥湯河原の静かなところなんです。ひとりもいいけれど、小夜さんがいてくれると、もっと楽しくなるわ」

「小夜でいいんですか？　卍屋の須賀井、あれを誘ってみてはどうです。やさしい男で、骨董屋のオヤジとはいえ、いい大学を出ているし、なかなか優秀なんですよ。骨董に関しての知識も並はずれています。古典にも精通していますよ。ゆっくり話してみれば、先生とは話が合うと思いますが」

彩継は須賀井と貴子が家庭を持てばいいと思っているのか、またふたりを会わせようとしている。

「先生、須賀井さんにご迷惑ですわ。私に興味がおありなら、とうに電話の一本もかけて下さっているでしょうから」

貴子が笑った。

「あいつは女の扱いに慣れていないんです。さりげなく、電話するように言っておきましょう」

「困ります……どうか、そんなことはなさらないで下さいね」

笑っていた貴子が戸惑いを見せた。

「お養父さま……無理はだめよ……だって、ふたりとも大人なんだから」

小夜は須賀井と関係を持っているだけに、彩継が強引にふたりに交際を勧めようとしているのに困惑した。須賀井が貴子に興味を抱いているならそうさせたいが、その気がないのは確かめている。

「ふたりとも大人か。確かに小夜の言うとおりだ。だけど、ふたりともそれぞれに魅力があるから、いつまでもひとりというのももったいない気がしてな」

「それを、よけいなお節介というのよ、お養父さま」

小夜の言葉に、貴子がホッとしているのがわかった。

「四、五日、小夜さんをお借りしてよろしいですか？　長すぎるとおっしゃるなら二、三日でもかまいません。こんなお屋敷に比べると息が詰まるほど狭いでしょうが、こことはちがう空気が流れていますし、ぜひ連れて行ってあげたいんです」

「私も北海道に三年ほど前、知り合いから別荘を買ったんですが、忙しくて一度も行っていません。そのうち、招待しましょう。そこもなかなかいいようです」

「まあ、嬉しい。では、まずは私の別荘に小夜さんを。小夜さん、いいでしょう？」

「ええ……でも」

「行きたいなら行っておいで」

貴子が同性だからか、彩継はすぐに別荘行きを許した。

貴子とふたりになったとき、小夜は瑠璃子のことを口にした。

「いっしょに誘うわけにはいきませんか？　喜んでくれると思うんですけど」

「ごめんなさいね……私は教師をしていながら、旅行では人がいると気を遣うタイプで、よほど気の合う人としか同伴しないようにしているの。クタクタに疲れてしまうの。お友達といっしょでないといや？　私だけじゃ、小夜さんのほうが疲れそうなの？」

貴子は不安げに訊いた。

「いえ、ごめんなさい……瑠璃子とはいつでも行けますし、今回は先生とだけで。せっかく誘って下さったのに、我儘《わがまま》を言ってごめんなさい」

いつもとちがう時間がもてる。瑠璃子がいると陽気になるかもしれないが、貴子と静かに過ごすのもいいかもしれないと、小夜は思い直した。

3

小夜は若草色の長襦袢を羽織って立っていた。肩に掛けているだけで、下穿きもつけていない。

いつ見ても神々しいほどに輝いている。白い肌。すべすべの皮膚。みずみずしい細胞のひとつひとつが、他の女と明らかにちがう。

ここに来たとき十五歳だった小夜が、今では十九歳。しかも、処女を失って三年経っている。美しさにも変化が表れてきて当然だ。

あと半年で二十歳になる小夜の躰は、ますます妖しくなってきた。生まれ持った妖しさだ。見よう見まねで人形を創るようになった小夜が、この躰のように、不思議としか言いようのない才能を持っているのに彩継が気づいたのはいつだっただろう。

最初は小夜より瑠璃子のほうが熱心に人形作家になりたいなどと言っていたが、瑠璃子には特別な才能はないようだ。ただ彩継との逢瀬のために、人形作家になりたいと言っただけだろう。プロの道は、そうやさしくはない。

それに比べ、養女になって四年余りになる小夜は、ここに来て二年目ごろから、彩継がハッとするものを創るようになった。やり続けていれば、技術は誰でも向上する。だが、技術では補えないものがある。それが生来の才能だ。小夜はそれを持っている。まちがいなく、人の気持ちを惹きつける人形を創ることができる。

小夜は手先も器用で、よく編み物をしたり、緋蝶に習って裁縫もしている。人形の服も立派に創って着せている。

人形の着物の生地の選び方は、彩継も感心するほどだ。できあがった人形を見せられたときに、どうしてその着物と帯の組み合わせにしたのかと訊いたことがある。小夜は、彩継ならこうするかもしれないと思ったからとこたえた。

小夜のために、緋蝶の感覚とちがう着物と帯を選んで着せてきたが、小夜は自然に、その感覚を自分のものにしていた。緋蝶の感覚ではなく、彩継の感覚を自分のものにしたのだ。強制したことではなく、また、強制できるものでもないだけに、彩継にとっては予想外の嬉しさだった。

「あと半年で二十歳か……毎日毎日、美しくなっていくおまえを見ていると、ますます不安になる」

椀形というより銘碗と呼びたいふたつの乳房を、彩継は掌に包んだ。掌に溶け込んでしまいそうなやわらかいふくらみを軽く揉みほぐすと、小夜の唇が小さくひらいた。

「これを誰にも触らせるな。私だけのものだ」

彩継は背を屈《かが》め、ふくらみの中心に載っている果実を、舌先でそっとつついた。

「くっ……」

小夜は反射的に胸を突き出した。

ほんの舌先だけでちろちろと果実をくすぐる彩継に、小夜の下腹部が早くも疼き始めた。

だが、彩継は小夜の中心を肉茎で刺すことはないだろう。

三年前の夏の日、行き先を告げずに外泊したことで、他の男に抱かれてきたと怒り、激しく秘芯を犯した彩継。しかし、なぜか、それきり、彩継は小夜とひとつになることはなかった。

そのかわり、指や舌で全身を隈無く這いまわり、執拗に愛撫する。同じ全身を愛撫するにしても、須賀井とはまったくちがう感触だ。手も口も、彩継と須賀井のものは異なっている。彩継の愛撫をおぞましいと思う一方で、そのおぞましさのなかで身悶える自分の淫《みだ》らな性を、小夜はいつも思い知らされていた。彩継の愛撫がなくなったら、いったいどうなるのだろうと考えることもあった。

彩継の舌戯で、小さな果実もしこり立ってくる。小夜は自力で立っていることができず、彩継の作務衣《さむえ》を握った。

「あう……お養父さま……いや……もういや」

イヤというのは、その行為をやめてくれというのではなく、そこだけはいやという意味だ。それがわかっている彩継は、わざと執拗に乳首だけを責めたてる。乳首の先だけを、できるだけ弱く、間延びした動作で舐めると、小夜が焦れてくる。

鼻から熱い息が洩れている。

「いやいや……お養父さま……いや」

顔を上げた彩継は、ねばついた視線を向けた。

「アソコがムズムズするか」

小夜は泣きそうな顔をして、ようやくそれとわかるほどに頷いた。

「どうしてほしい。長持ちの上に行くか？」

小夜を蔵に呼ぶとき、長持ちの上には、毛氈《もうせん》か肌布団か毛布が敷かれている。

小夜はよたよたと、肌布団のかかった長持ちに近づいた。立ったまま愛撫されると腰に力が入って辛《つら》い。横になっていたほうが、腰にかかる負担も少なくなる。

ベッド代わりの長持ちに躰を預けようとしたとき、

「まずはこっちだ」

彩継は床に紅《あか》い毛氈をひろげた。

「うつぶせになれ。おまえの背中はいくら見ていても飽きない。背中だけじゃないがな」

小夜は毛氈に腹這いになった。

彩継はうっすら汗ばんだ背中を見つめると、うなじにかかった黒髪を脇に退《の》け、細く色っぽいそこに口づけた。

「あん……」

甘やかな声が洩れた。

首筋もうなじも、小夜はよく感じる。感じないところはないが、特に首のあたりは敏感だ。

小夜の体温と、しっとりした柔らかい肌の感触が、唇と舌に心地よい。

彩継はうなじが唾液でべっとりとなるほど舐めまわした。

「あう……お養父さま」

毛氈を握った小夜が顎《あご》を突き上げ、うなじを守ろうとする。肩先もくねった。

髪の生え際が恐ろしいほど美しい。着物を着せて髪を上げたときの後ろ姿は、動悸がするほどだ。だから彩継は、小夜を外に出すときは、できるだけロングヘアでと思っている。髪を上げて出かけたら、ますます野獣達に狙われる確率が高くなる。

小夜はできるだけ肌を隠して外に出なければならない。できるなら、顔を隠して出したいほどだ。しかし、それより、外に出さないのがいちばんだ。

彩継は地に這うような格好で、うなじから背中のほうへと唇をずらしていきながら、同時に細胞から発散される若い体臭を嗅いでいた。

汗の匂いとはちがうオスを誘惑する匂いが、仄《ほの》かに漂い出している。長い冬が終わって、やさしすぎる緑が萌えだし、大気に植物の匂いが漂うとき、人は新しい季節を体感する。命の息吹に満たされる。同時に、新緑の季節は人を狂わせもする。

小夜の躰から漂い出す初々しい体臭は、仄かなだけに甘やかだ。それでいて、恐ろしい力を持っている。この匂いを嗅いでしまったオスは、決して小夜から逃れられない。常識や倫理観など、たちまち消え失せてしまう。

たとえ、正倉院に収められている名香の蘭奢待《らんじゃたい》を聞かせてやると言われても、今では小夜の体臭以外に興味はない。

甘・辛・酸・苦・鹹《かん》の五味を備えていると言われる名香中の名香である蘭奢待。十度もたき返すことができると言われ、奇宝とも呼ばれている。しかし、小さな一片で、たとえ十度、その香りを聞き返すことができたとしても、それが何になるだろう。

小夜の躰からは、絶えずかすかな芳香が漂い出している。こうして愛撫してやると、いっそう香《かぐわ》しい香りを放つ。小夜は香木そのものだ。それも、とびっきり上質の伽羅《きゃら》だ。

(小夜……おまえは、この世のものとは思えないほど美しい……)

彩継はみずみずしい肌に唇と舌を這わせながら、荒々しい息をこぼした。臀部の丘を撫でながら、卑しいほどに舐めまわした。

処女を奪ったあと、後ろだけ玩んでいる瑠璃子とちがい、まだ硬くすぼんでいる小夜のつぼみは、可憐に息づいている。

双丘を左右にくつろげた。

「いや……」

恥じらいに身悶える小夜が、尻をくねらせた。

彩継は、いっそう大きくくつろげて、すぼまりを眺めた。恥じらいにひくつく可憐な桃色のつぼみは、無言のうちに、見ないで、と訴えている。

見ないで。見ないで。見ないで……。

まるで口を動かしているように、つぼみがひくつきを続けている。

「いや、見ないで……」

小夜が尻を振った。

「お尻を上げてごらん」

「いや」

「もっとよく後ろを見たい」

「いや」

「何度も見せてるじゃないか」

「いや……」

わかりきっている会話を続けた後、彩継は小夜の腰を高く掬《すく》い上げた。

「いやっ！」

悲鳴が上がった。

彩継は尻が落ちないように、しっかりと小夜の体重を支えながら、いっそう激しくひくつきだした排泄器官を舐め上げた。

「くうっ」

尻だけ掲げた小夜がもがいている。腕を立てようとしているが、躰を起こせない。舌で、すぼまりを舐め上げてはこねまわし、つるつるの粘膜を責めたてた。

小夜の体温が上昇している。総身に、ねっとりと汗が噴き出している。彩継は、べちょべちょと卑猥《ひわい》な音をさせながら、可憐な排泄器官を舐めまわした。

「いや！　いや！　嫌い！　ヒッ！」

汗まみれになってきた小夜が、感じすぎて耐えきれなくなり、抵抗をはじめた。抵抗が強まるほどに、彩継の獣の意識はさらに昂《たか》まっていく。

「後ろは、後ろはいやあ！」

小夜の叫びが彩継の股間を熱くした。

このまま後ろから秘芯を貫きたい。三年前のようにひとつになって、思い切り突き刺したい。そうしないのは、二十歳になる日までは耐えようと決めたからだ。

あの日まで処女だったと確信した。女にしてしまったものの、そのまま男女の結合を続けるのが惜しくなった。たとえ女になっても、一度だけの結合なら、処女と同じようなものだと、自分に言い聞かせた。

いくら総身を愛撫しようと、二十歳まではふたたび女壺を貫いたりはしない。そして、二十歳になったら、ひとつになるだけでなく、緋蝶のように紅い縄でくくり、本格的に被虐の悦《よろこ》びを教え込んでいく……。

彩継はそう決めていた。あと半年で、小夜は子供ではなく、本当の女へと成長しはじめるだろう。やわらかい肌に縄が食い込んだだけで、小夜は歓喜の声を上げるようになるだろう。その日を想像するだけで、いつも彩継の肉茎は、水を得た植物のように成長しはじめる。

自分で決意したこととはいえ、小夜を徹底的に責められない欲求不満を、彩継は緋蝶に向けるようになっている。

緋蝶の肌も、前にも増して輝いてきたように思えるのは、気のせいだろうか。小夜が養女に来た当初こそ、夫婦の営みを気にしていたものの、今では、小夜のことを気にしていると言いながらも、決して不安ではなく、むしろ小夜の存在が強い興奮に繋がっているのがわかる。

元々、妖艶だった緋蝶だが、最近は、以前と異なる艶やかさが増してきて、彩継ですらハッとすることがある。彩継の夢は、緋蝶と小夜を同じ場所で責めることだ。

小夜を一生、自分の元に置いておくのなら、生涯、小夜と緋蝶を別々に責め続けるなど無理なことだ。たとえ可能でも、いちいちどちらかの存在に気を遣って、こそこそと責めるのも疲れる。

最高の女をふたりいっしょに責めることができれば、蔵だけでなく、どこでも嗜虐の行為を楽しむことができる。緋蝶を気にする小夜。小夜を気にする緋蝶。そんなふたりの心を推し量りながら責めることができるなら、どんなに昂ぶるだろう。

彩継はいつも妄想していた。今よりさらに素晴らしい三人いっしょの嗜虐のプレイを考えるだけで、力が漲《みなぎ》ってくる。歳を重ねるだけ老いていくのではなく、彩継は日々、気力が満ちてくるような気がしていた。

「いやっ！　後ろはいやっ！」

小夜がもがくほど血が滾《たぎ》る。

排泄器官とは思えない桃色のつぼみが美味い。堅いつぼみでいながら柔らかい、矛盾した感触もいい。すぼまりは彩継の唾液でべとべとになった。

彩継は小夜を放してひっくり返すと、太腿をグイと割りひらいた。触れていない肉のマンジュウのあわいが、銀色の蜜でぐっしょりと濡れ輝いている。

「尻は感じるか。オ××コがべとべとに濡れているぞ。それに、花びらはぷっくりと太って、オマメも美味そうに顔を出している。もっともっと舐めまわしてくれとな」

彩継は内腿の付け根に顔を埋め、すでにひらいている花びらを、舌で左右に割った。

「くうう……」

「何をしてほしい。いきたいか」

乳房を上下させている小夜を見つめ、彩継は目を細めた。

中心に息を吹きかけると、小夜の腰がひくっと跳ねた。

彩継は花びらや肉のマメには触れないようにしながら、鼠蹊部《そけいぶ》を舐め、翳りの生え際をじっくりと舐めまわしていった。肉のマンジュウのワレメも、尖《とが》らせた舌で辿った。ぬめった蟻《あり》の門渡《とわた》りをつついた。

「お養父さま……あう……お養父さま」

小夜は絶頂を極めたがっている。だが、彩継は顔を離した。

「そろそろ、私のものを、その可愛い口でおしゃぶりしてもらおうか。欲しいものはそれからしかやらないぞ」

小夜を起こし、立ち上がって、いきり立った肉茎を突き出した。

小夜は今までそうしてきたように、剛直を手にすると、火照《ほて》った顔を股間に埋めた。花びらのような唇が肉茎を咥え込むとき、彩継はいつも恍惚《こうこつ》となる。より純粋なものに淫らなことをさせる快感。まるで、永遠の処女に口戯をさせているようだ。

小夜の口戯は最初に比べると上手くなった。必死になって根元まで咥え、ゆっくりと側面を唇でしごきたてながら出していく。先を咥えたまま、舌を動かして亀頭全体を舐め、鈴口をつつく。もう少し深く咥えて裏筋を刺激する。

彩継が教えてきたことだ。肉茎の根元を握っていた小夜が、片手を皺袋に持っていく。やわやわとした掌に包んで、やさしく揉みほぐしていく。

「そうだ……おまえの口も手も最高だ」

小夜の鼻から洩れる湿った息が、彩継の茂みを揺らしている。

跪《ひざまず》き、奴隷の姿で奉仕している小夜を見下ろしているだけで、至福を感じる。

緋蝶の処女を奪い、緋蝶に性のいろはから教えていった日々を思い出す。だから、小夜も、緋蝶の足跡を辿るように、少しずつ彩継によって被虐の喜びを教えられ、やがて、彩継なしでは生きていけなくなるだろう。紅い縄を見ただけで、秘芯を濡らすようになるだろう。

小夜の唇が、笠の部分を繰り返し、しごきたてている。長い睫毛が、ふるふると揺れている。

彩継も熱い息を洩らした。そう簡単には射精に至らない。いくら快感が続いても、自分の意志で抑制できる。聖なる小夜が肉茎を頬張り、熱心に口戯をしている姿を見ることで、精神的なエクスタシーを感じる。

「私のものを飲むんだ」

小夜の動きが止まり、剛直を咥えたまま、イヤイヤと首を振った。

小夜は精液を飲むのが苦手だ。飲ませた後の、小夜の口に広がる生臭さを思うと、彩継は強いて飲んでもらいたいとも思わない。けれど、たまに、生命の源を一滴残らず小夜の体内に収めたいと思う。それが小夜の血や肉になると思うと、妖しい興奮に包まれる。

「きょうは飲んでもらう。それからしか褒美はやらないぞ」

褒美とは、最後の絶頂を与えることだ。

総身を愛撫されていながら、気をやらないままの半端な快感で放り出されたら、小夜は自分の手で慰め、法悦を極めるしかない。それがわかっているので、わざと半端に放り出し、部屋に戻った小夜を、覗き穴から覗くこともある。

ドアに鍵をかけ、ショーツを脱ぎ、白い脚をひらいて、肉のマンジュウのあわいに、しなやかな指を置く小夜。小夜は秘園でその指をゆっくりと動かしはじめる……。

彩継は小夜の指戯を眺めながら昂ぶり、肉茎をまたも硬くし、今度は緋蝶を徹底的に辱《はずかし》めることになる……。

「飲むんだ」

彩継は自分から腰を動かした。

今にも壊れそうな小夜の躰が揺れた。小夜が倒れないように、背中をつかんで腰を動かした。

深く押し込んだとき、亀頭が喉につかえ、小夜がもがいた。そのとき、歯を立てられそうになり、急いで剛直を抜いた。

「飲まないつもりか？　それなら、おまえのものを涸れるまで飲ませてもらうぞ」

跪いていた小夜をそのまま倒し、太腿のあわいに頭を埋めた。かぐわしいメスの匂いに鼻孔をくすぐられ、猛烈に血が騒いだ。

今度は焦らさずに、会陰から肉のマメに向かってべっとりと舌全体で舐め上げた。

「くううっ」

小夜の背中が浮き上がった。

美味なぬめりが、彩継の舌の上で溶けるように広がっていった。

花びらの脇を舐め、肉のマメのサヤの周辺をちろちろと舐めまわすと、今まで焦らされていたせいか、小夜は簡単に気をやって打ち震えた。

すかさず彩継は、秘口に舌を押し込んだ。

「んんっ！」

法悦の波が収まっていなかった小夜が、また硬直した。押し入れた舌先に収縮が伝わってきた。肉茎が締めつけられているような気がした。

充血してふくらんでいる花びらを、一枚ずつ唇に挟んで吸い上げた。肉のサヤも吸い上げた。

「ヒッ！　いやあ！」

次々と訪れる法悦に耐えかねて、小夜が絶叫した。

逃げようとする小夜の太腿をがっしりと押さえつけ、ぬるぬるの秘園を、また下から上へと滑らせた。

「んんんっ！」

新たな絶頂の波に襲われて、汗みどろの小夜が胸を突き上げた。

彩継はようやく顔を上げて、小夜の顔を見つめた。

女と妖精のあわいにいるような不思議な顔だ。半びらきの口許から覗く白い歯が妖しい。

だが、悩ましい女の顔をしていながら、あくまでも初《うぶ》な感じは崩れていない。

二十歳になった小夜を抱くようになっても、この純情な雰囲気はそのままだろうと、彩継は確信していた。すでに一度ひとつになっていながら、二十歳に拘り、愛撫だけで過ごしているそれからの月日は、長かったのか短かったのか。

緋蝶のように、小夜に縄化粧する日は近い。それを想像するだけで彩継はますます若返っていくような気がした。

第三章　白い別荘

1

貴子と奥湯河原に行く日の前日、小夜は瑛介に二泊三日で留守にすることを連絡した。

「なるほど、そういうことか」

瑛介が笑った。

「そういうことって、どういうこと？」

「小父さんが明日と明後日、麻雀をしないかって電話してきたから、何ごとかと思ったんだ。つまり、小夜の泊まる別荘に押し掛けないように、俺を屋敷で見張っておくってわけだ」

彩継からも緋蝶からも訊いていなかっただけに、小夜は驚いた。

「聞いてないわ……お養母さまに訊いてみるから」

「ばかだな。そんなことを訊いたら、俺と小夜が連絡しあってるって、ばれるじゃないか」

「でも、お養母さまなら、お養父さまに告げ口したりしないと思うから」

「やめておけ。知らん振りしておくんだ。小母さんを信じたいけど、夫婦だ。まずいぞ」

小夜は緋蝶を弁護しようと思ったが、知らない振りをしているのがいちばんいいと思い直した。

「でも、麻雀なんて珍しいわ。四人でするものでしょう？　お養母さまはやらないはずよ。あとふたり、どうするのかしら。父も呼ばれたの？」

「いや、俺だけだ。小夜のいない家に親父を呼ぶのはおかしいじゃないか。卍屋の小父さんでも呼ぶんじゃないか？　知り合いはいくらでもいるだろうし、あとふたりぐらい、どうにでもなるだろうさ」

「あとふたりということは、瑛介さんは相手をすることにしたの？」

「ああ。昼はバイトで都合がつかないが、夜は何とかすると言った」

彩継は今も瑛介との仲を疑っているのだろうか。気まぐれに瑛介を呼ぶことになったのだと、小夜は思いたかった。しかし、いまだに、それに関して何も言わない彩継が何を考えているのか、想像することもできなかった。

旅行当日も、彩継は、瑛介を呼ぶことも、麻雀をすることも口にしなかった。何も触れない緋蝶は、当日になっても彩継に聞いていないようだという気がした。

黒いパンタロンスーツに鍔《つば》の広い帽子をかぶった貴子が、車で小夜を迎えに来た。

「先生、素敵！」

小夜は思わず駆け寄った。

ほとんど和服で過ごす緋蝶の雰囲気とはまったくちがう貴子に、小夜はいつも新鮮さを感じている。旅行用に求めたものか、初めて見るスーツは、いつもより、さらに垢抜《あかぬ》けていた。

「お養母さまの素晴らしいお着物に比べたら、洋服なんて、あまりにも平凡すぎて恥ずかしいわ」

「いつも颯爽と着こなしていらして、羨ましいくらいです。私など、決して似合いませんもの」

緋蝶が誉めると、彩継も、なかなか似合っていますよと、世辞なしに言った。

小夜は助手席に乗り、ふたりに見送られて奥湯河原へ向かった。

「先生、なんだか、とっても楽しいわ。こんなこと、なかなかないから。でも、みんなの先生なのに、私だけ、特別に連れて行っていただけるなんて悪いみたい」

「いっしょに来てくれて嬉しいわ。彼氏がいたら悪いわね」

「いないって何度も言ってるのに……」

小夜は瑛介のことを話したいと思うたびに、口は災《わざわ》いの元だと思い直し、貴子を騙し続けていた。貴子が彩継とも懇意になってきたからには、よけい、話すわけにはいかない。

「椿ライン、知ってる？」

「いいえ」

「湯河原と箱根を結ぶ道路で、椿と桜が、合わせて一万本ほど植えてあるのよ。半分以上が椿」

「凄いわ……いくらうちが椿屋敷と呼ばれていても、そんな数を聞いたら、椿屋敷は返上したほうがよさそう」

「本数が多ければいいってものじゃないわ。それぞれによさがあるわ。椿ラインにも、小夜さんのお屋敷にも。来年、いちばん椿がたくさん咲いているときに、そこをふたりでドライブしたいわ」

「嬉しいわ、先生。でも、相手は私でいいんですか？」

小夜は、そうじゃないでしょう？　というような口調で訊いた。

「小夜さんとでいいわ」

貴子は即座に返した。

出発のときから、貴子はやけに楽しそうだ。普段から明るく、生徒達に慕われているが、きょうの貴子は、まるで子供のようにはしゃいでいる。

貴子を見ていると、どうして恋人がいないのか不思議でならない。男嫌いというより、愛する相手を亡くしたのかもしれないと思うことがあった。

「小夜さんは私とより、他の人とのほうがいい？」

小夜は、瑛介と椿ラインをドライブしている姿を脳裏に浮かべた。そして、一晩でもいい。どこかでいっしょに過ごせたらと思った。その一方で、やさしすぎる須賀井とも、卍屋以外の場所で、ゆっくりと過ごしたい気がした。

「あら、すぐに返事してくれないのね」

貴子がちらりと助手席に顔を向けた。

「先生といっしょだと、とっても楽しいから、お養父さまやお養母さまも誘ったらよかったかしらと思ったんです……」

小夜のとっさの言葉に、貴子が笑った。

「とっても幸せな家族なのね。お養父さまは、小夜さんが結婚するなんて言ったら哀しまれそうね」

「結婚どころか、家から出さないつもりです」

「そうね。あのお屋敷で、小夜さんと、ずっといっしょにお人形を創りたいと思っていらっしゃるのよね。それもいいと思うわ。小夜さんには才能があるって、お墨付きもあるものね。

素敵な家族だわ」

どんなことが屋敷で起こっているのか、貴子が知るはずもない。

小夜は養女になってからの日々を振り返り、これからどうなるのだろうと考えた。将来のことが何もわからない。

貴子の前で彩継は、小夜には才能があると言った。しかし、彩継のような生き人形を創れるようになる日が来るとは思えない。彩継が偉大すぎるだけに、どんなに頑張っても、足下にも及ばないような気がしてしまう。

彩継のような素晴らしい人形作家になれたらいいがと思うことはあった。しかし、それはあくまでも理想や夢で、現実問題になると、そう簡単にいかないことぐらいわかる。彩継には天賦《てんぷ》の才があるのだ。

「お腹《なか》、空いたでしょう？　別荘に行くときは、必ず寄っていくお店があるの。美味しいものをうんと食べて行きましょう」

貴子は湯河原の小料理屋に小夜を連れて行った。

相模湾で捕れる新鮮な魚介類が、贅沢なほど出てきた。アワビ、サザエ、ミル貝に伊勢海老と、あまりの美味しさに、小夜はいつもより、よく食べた。

湯河原から三キロほど西が奥湯河原だと言った貴子は、藤木川沿いに車を走らせ、真っ白いメルヘンチックな二階建の建物の前に停《と》めた。

「ここ……？」

「そう、小さいけど気に入ってくれるかしら」

「嬉しい！　まるで童話の世界みたい！　お砂糖でできたお家みたいだわ」

ここが貴子の別荘だと確かめた小夜は、椿屋敷とはまったく趣のちがう建物に歓声を上げた。

緑の樹木に囲まれた別荘は、意外と窓が小さい。テラスや出窓もあるが、他は、ところどころに、幅二十センチ、長さ一メートルほどの窓がついているだけだ。それが風変わりで、ますます絵本の世界の建物のような雰囲気になっている。

車から荷物を下ろし、別荘に入った。

絨毯《じゅうたん》の敷かれたリビングルームの黒い暖炉と、一部吹き抜けの天井。片側が煉瓦《れんが》だ。シャンデリア風のスマートな照明がしゃれている。テーブルや食器棚も贅沢なものが置いてある。

「先生、素敵だわ！　ここに住まないと、もったいないみたい！　ここ、大好き！」

「よかったわ。そんなに言ってくれると、私も嬉しいわ。汗をかいたでしょう？　お風呂に入りましょうか。温泉地だから、ちゃんと温泉も引いてあるわ」

小夜は子供のように手を叩《たた》いた。

「寝室は二階にしましょう。一階にもベッドの置いてある部屋があって休めるけど、私は二階が落ち着くの」

荷物を二階に運んだ。

「素敵……ゆっくり休めそう」

小夜は何度も、素敵、という言葉を繰り返していた。

淡いピンクの花柄の壁紙がやさしい。カーテンとベッドカバーは若草の色だ。家具が焦げ茶色のどっしりしたものなので、全体が引き締まっている。それでいて、やはりやさしい雰囲気を醸し出している。

ベッドはキングサイズの大きなものがひとつある。部屋が広いので窮屈な感じはしない。

「ベッドがひとつだけど、こんなに大きいから、別々の部屋で休まなくてもいいでしょう？別の部屋がいい？」

「いっしょがいいわ。先生がそれでよかったら。だって、夜になって外が真っ暗になったら、きっと心細いと思うから……養女になってしばらくは、自分の部屋でひとりで休むのが怖くて、いつも明かりをつけて休んでいたんです。家がとても広くて、庭も広いだけに静かで、何度、お養母さま達の部屋で休みたいと思ったか……」

そして、あるとき、ついに夫婦の寝室に向かった。だが、ふたりはいなかった。そして、工房に行き、蔵を覗き、見てはならないものを見てしまった……。

あのふたりの行為を覗いていなかったとしたら、今とちがう生活になっていただろうか……。

小夜の脳裏に、あの日の衝撃的な映像が浮かび上がった。

「このベッドにいっしょに休みましょう。嬉しいわ」

「女がふたりでいっしょの部屋にいると、いつまでもお話がつきないかもしれないわ。ね、先生」

小夜は貴子のことを教師ではなく、歳の離れた姉のように思うようになっていた。

窓を開けると緑が広がっている。この部屋専用の、白いテーブルと椅子がふたつ置かれた、さほど広くない半円形のテラスもついていた。

瑛介とここで過ごせたら……。須賀井とも過ごせたら……。

小夜はまた、そんなことを考えた。

「お風呂もいっしょに入りましょうか。三、四人ぐらいいっしょに入れるのよ」

「でも……」

すでに女になっているのを知られてしまうのではないか……。貴子とは性の話などしたことがない。恋人もいないと言っているだけに、不安が掠《かす》めた。

「恥ずかしい？　お養母さまと入ったりしないの？」

「小さいとき、遊びに行って、そのときはお養母さまやお養父さまと入ったこともあるけれど……」

「今は、いつもひとり」

小夜が頷くと、

「じゃあ、背中を流してあげるわ」

恥ずかしい気がしたが、小夜は貴子と風呂に向かった。

花柄の模様の入ったタイル張りの風呂は、いかにも白い外観にふさわしいメルヘンチックなものだ。

「先生のお父さまの別荘だったにしては、女心をくすぐる建物になっているんですね。ひょっとして、先生のために造られた別荘じゃないんですか？」

建物のどこにも父親の匂いがしない。

「外観はほとんど変えてないけど、父が亡くなってから、内装は私好みに変えたから」

小夜はようやく納得した。

貴子に背中を向けて服を脱いでいると、後ろからの強い視線を感じた。小夜は振り向いた。

「きれいだわ……」

貴子が溜息混じりに言った。

小夜は見つめられていたのだとわかると、躰が火照った。

「きっと、先生のほうが素敵だと思います……」

最後のショーツを脱ぎづらくなった。

貴子は小夜から視線を逸《そ》らし、パンタロンスーツを脱いだ。

小夜は目を逸らそうとしたが、スーツと同じ黒の豪華な刺繍入りボディスーツがちらりと視野に入ると、目を離せなくなった。動悸がした。

いつも颯爽としている貴子に憧れの目を向けていたが、インナーだけになると、さらに魅惑的で、男が放っておくはずがないと思えた。

緋蝶とは対局にいる女だ。緋蝶が受け身の古風な女なら、貴子は男とも前向きに勝負していく現代の女だ。下着にさえ、その差が歴然と表れているような気がして、小夜は気圧《けお》された。

「どうしたの？」

貴子が小首をかしげるようにして訊いた。

「私……きっといつまで経っても、先生のような素敵な女性にはなれないわ」

いつも彩継や須賀井や瑛介から絶賛されているにも拘《かか》わらず、小夜は貴子のような熟した女にはなれないような気がした。緋蝶の恐ろしいほどの艶やかさにも、決して近づけない気がしていただけに、貴子を見ていると、ますます自分は子供なのだという気がした。

「私なんかより小夜さんのほうが素敵よ。あなたのような魅力的な女性はめったにいるものじゃないわ……絶対いないかもしれない」

貴子の目が尋常でないのに、小夜は初めて気づいた。

「今まで会った女性とは比べものにならないほど素敵よ……さあ、入りましょうか」

貴子は小夜に正面を見せて、ボディスーツを脱いだ。

豊かな乳房と大きな乳暈。その上に載った乳首。濃いめの翳り……。

魅惑的すぎる女豹《めひょう》だ。

「先に入ってるわ」

貴子が浴室に入ると、小夜は我に返った。ショーツを脱いだ裸身を脱衣場の鏡に映した。

貴子に比べ、あまりにも青い子供の躰をしている。

中から貴子の声がした。小夜はタオルで茂みを隠して入った。

「座って。背中を流してあげるわ」

小夜は壁に嵌《は》め込まれた鏡に向かって、小さな椅子に腰掛けた。

「きれいね……溜息が出るわ……こんなにきれいな躰の人、めったにいないわ」

貴子は背中に湯をかけながら、鏡の中の小夜に言った。

小夜はタオルで翳りを隠していた。

貴子が背中を流しはじめた。

「くるっとまわって。今度は前」

「自分で洗います……」

「だめよ。洗ってあげるわ」

いくら小夜が固辞しても、貴子は譲らなかった。

小夜は渋々、貴子に正面を向けた。

「きれいな乳房……」

タオルがふくらみを滑った。

「くすぐったい……」

小夜は身をよじって笑った。

だが、笑えたのは最初だけだった。

貴子の熱い息が肌にかかった。いつもの貴子とはちがっていた。

「こんなきれいな躰の女なんていやしないわ……きれい……可愛くてきれいで、最高の女だわ」

貴子の手が、翳りを隠している小夜のタオルを握った。小夜は取られまいと力を入れた。

「全部洗ってあげる。大事なここも」

「いや……あとは自分で洗います」

小夜の心臓は激しい音をたてていた。

「ここにいる間は、全部してあげるわ。隠したりしちゃだめよ」

ついに貴子にタオルを取り上げられ、小夜の翳りが晒された。

「可愛い。どこも可愛いのね」

剝き出しになった下腹部を見つめられ、小夜は慌てて両手でそこを隠した。

何かおかしい……。

小夜は貴子に今までにない危惧《きぐ》を感じた。楽しい旅行の始まりだと思っていたが、その気分がいきなり消え去り、大きな不安に包まれた。

「先生の背中も流してくれる？」

呆然《ぼうぜん》としている小夜に、貴子がいつものやさしい笑みを向けた。

ホッとした小夜は、女豹の背中にタオルを滑らせた。

2

別荘に来る途中で買ってきたオレンジを、風呂上がりの貴子が絞った。

「お風呂上がりには、必ず水分を摂《と》らなくちゃだめよ。血液がドロドロになっているんだから」

グラスに入れたジュースを渡され、小夜は一気に飲んだ。喉が渇いていた。風呂に入ったためというより、かつてない貴子の視線や言葉に対する不安からだ。

「温泉はどうだった？」

「とっても気持ちがいいです……」

「よかったわ。ちょっとだけお昼寝しましょうか。少し休むと、うんと気力が充実するわ。近くを歩くのはそれからでいい？　夕方のほうが涼しいし」

貴子が二階に上がっていく。小夜はベッドがひとつだったことを思い、戸惑った。なぜ、別の部屋がいいと言わなかったのだろう。今さら変更したいと言うのは不自然だ。しかし、何かが起こりそうな気がしてならない。それが何か、ぼんやりとしている。それは、はっきりと意識したくないせいかもしれなかった。

「小夜さん、いらっしゃいよ」

貴子の呼び声がした。

やむなく小夜は二階に向かった。

貴子は服を脱いでいた。

「ごめんなさい……」

小夜はドアを閉めようとした。

「あら、いいのよ。入って」

小夜はますます動悸がした。

「ベッドの中って裸がいいわ。私はいつも何もつけないで休むの。小夜さんは?」

「ネグリジェを着て……」

小夜は旅行鞄から白いネグリジェを出した。

「可愛い。それを着るの?」

小夜は頷いて貴子に背を向け、再び服を脱ぎ、ショーツだけそのまま穿いてネグリジェを着た。

そのとき、貴子は先にベッドに入っていた。

「真っ白いネグリジェがよく似合うわ。まるで天使みたい。背中に翼が生えてるみたいよ」

瑛介と同じことを言われ、小夜は笑いを装った。

「いらっしゃい」

「でも、あんまり眠くないの……」

「だったら、何か、お話ししましょう。女ふたりだと話が尽きないって言ったのは小夜さんだもの」

小夜は全身が重苦しかった。貴子から発散されている得体の知れない空気が、小夜に圧力をかけている。目に見えない縄で、きりきりと全身を縛られていくようだ。

「入って」

貴子が肌布団をめくった。

小夜はおずおずとベッドに入ったが、端に躰を横たえた。

「落っこちるわ。もっとこっちにいらっしゃいよ」

貴子の手が小夜の二の腕を引いた。小夜の心臓がさらにドクッと激しい音を立てた。

「よく来てくれたわね。嬉しいわ。卒業したら、私の手伝いもしてくれるというし、とっても幸せな気分なの。小夜さんほどの魅力的な女性に彼氏もいないなんて、男に興味がないの？」

つき合っている男がいると言えば、この妖しい空気は消えてしまうだろうか。目に見えない貴子の呪縛から逃れられるだろうか。だが、危険すぎて、やはり瑛介のことは口にできない。

「女子大だし、なかなか男性と話す機会もなくて……」

「そんな」

貴子が笑った。

「どこにでも男性はいるわ。話す機会がないなんて。興味がないだけでしょう？　正直にこたえて。ここまで来てくれたんだもの。私だって何でも話していいのよ」

「何でもって……？」

「だから、小夜さんと同じってこと」

「同じって……？」

「だから、男には興味がないということ」

貴子の熱っぽい視線と、ほころんだ口許が、小夜の躰にねっとりと絡みついた。

「まだ女としたことはないの？」

小夜はさっきから、もしやと思い始めていたことが的中しそうなことに息を荒げた。

「先生……よくわからないわ……どういうことか」

小夜はようやくそう言うと、喉を鳴らした。

「ふふ。ないみたいね。ここにいる間にうんと楽しいことを教えてあげるわ。私は初めて小夜さんに会ったときから、ずっと気になっていたの。それが、とうとういっしょに旅行にまで来られて、昨夜は眠れないほど興奮していたのよ。嬉しいわ。きっと小夜さんも、男になんて興味がないのよ。あればとうに誰かとつき合っているわ。もうじき二十歳でこんなに可愛いのに、相手がいないのは不自然だもの」

「お養父さまが厳しいから……」

「そう自分に言い聞かせようとしているの？　ちがうわ。生まれたときから、男に興味がないような遺伝子を持っているのよ。まだまだ世間では奇異に見る人もいるけど、私は男に興味を持てないことを、こんなに幸せに思ったことはないわ。男に興味がないから、小夜さんのような素敵な女性に出会えて、こうして同じベッドにいられるんだもの」

小夜は貴子から数ミリずつ躰を遠ざけていった。

「人は魂だけで生きているんじゃないわ。生きている限り肉体があるの。小夜さんは誰よりも美しい躰をしてるわ。こんなにきれいな躰は見たことがないわ。そのきれいな躰で快感を得ないなんてもったいないわ。でも」

貴子は心の底を見透かすような目を向けた。

「自分で楽しんでいるはずよ。そうでしょう？」

ひそやかに自分の指で慰めることを指しているのだと、小夜にもわかった。耳朶が熱くなった。

「やっぱり。じゃあ、問題ないわ。私に任せておけばいいの。幸せにしてあげるわ。もうじき二十歳になるというのに、まだ男も女も知らないなんて、何てもったいない月日を生きてきたの」

貴子が近づいた。

「知ってます！　男の人ぐらい！」

小夜はベッドから落ちるほど端っこに躰を寄せながら叫んだ。

「強引に？　それで男が嫌いになったの？」

「嫌いじゃないわ」

小夜の肩は大きく喘いでいた。

「怖いのね？　大丈夫。怖がらなくていいの。女同士なら、赤ちゃんだってできないわ。男とするときのような厄介なことは何もないの。怖いことはないのよ」

「いやっ！」

小夜の皮膚がそそけだった。

「いやと言うのは今だけ。不安がなくなったら、小夜さんから求めてくるようになるわ。私と別れたくなくて、自殺未遂した子もいるの。だけど、心が離れたらおしまいだもの。好きじゃなくなったのに、それまでのように抱くことができると思う？　でも、そんなことをされて辛かったわ。だから、彼女に新しい恋人ができたときはホッとしたわ。相手は男顔負けのキャリアウーマン。幸せにしてくれると思うわ」

貴子は小夜を抱き寄せようとした。

「いやっ！　だめっ！」

小夜はベッドから逃げ出した。

寝室を出て、階段を駆け下りた。

だが、まだ日が高いだけに、ネグリジェで外に飛び出す不自然さにたじろいだ。階段を下りきって戸惑っていた間に、裸体の貴子が追いついた。

「ヒッ！」

抱きすくめられ、小夜は恐怖の声を上げた。

「どうして怖がるの？　今まで楽しかったでしょう？　だから、ここまで来てくれたんでしょう？　もっと楽しいことを教えてあげると言っているの。あなたを愛したいの」

「いや。いや。許して。いや！」

「大丈夫。こんなに心臓がドキドキして可哀想。落ち着いてちょうだい。自分でこっそり遊んでいるんでしょう？　それを、もっと楽しくふたりでするというだけ」

貴子が囁《ささや》いた。

「私はあなたがいないと生きていけないの。昔つき合った相手を自殺未遂にまで追い込んでいながら、勝手な女と思うでしょう？　でも、きっとあなたを失ったら、私も同じことをするかもしれないわ」

同じことというのが自殺だということは訊くまでもない。

「あまりにもあなたの存在が大きすぎるようになったの。お屋敷にも出入りするようになって、ここまで来てしまって、今さら諦《あきら》めろと言われても無理。もう引き返せないの」

彩継もいつか死を口にした。須賀井の口にする死は脅しではないが、彩継の口にした死と貴子が口にしている死は、ほとんど脅迫に近い。

「小夜さんは私が嫌いじゃないはずよ。嫌いだったら、ここまで来なかったはずよ。そんなに鈍感じゃないわ。今、いやがっているのは、怖いからよ。不安がなくなったら、天国になるわ。大丈夫。私に任せて。私はタチ。わかる？　女を愛するほう。小夜さんはネコだわ。わかっているの。愛されるほうだって。女も男も、あなたを見たら愛したくなるはずよ。殺したいほど愛したくなる……愛したくて苦しくなるの。お願い。戻って。愛してあげる」

「いや」

小夜は涙ぐんだ。

「泣かないで。ますます愛したくなるわ。わかる？　私の気持ち。全身の血が熱くなってるの。あなたを愛したくて。あなたに触れたくて、苦しいのよ。心臓がこんなになってるわ」

貴子は小夜の手を取って、左の乳房に押し当てた。ふくらみの下で、激しい動悸がしている。掌にドクドクと恐ろしいほどに伝わってきた。

「逃げないで。いやと言われたら、哀しみのあまり、このまま心臓が止まってしまうかもしれないわ」

貴子は、それが脅しになっているのに気づいているだろうか。

「戻ってくれるわね」

貴子が手を引いた。

「いや……」

小夜は力無く言った。

「本当にいやならしないわ。だから戻って」

小夜は重い足取りで階段を上った。

部屋に入った貴子は、クロゼットのガウンを羽織った。

「ベッドに入って。私は本を読んでいるから」

「私は眠くないからいいんです……先生が休んで」

「目が覚めたわ。小夜さんが休んで。ひと眠りしてちょうだい」

貴子は怒っているのだろうか……。

小夜は気まずい雰囲気の中、息苦しかった。

「休んでちょうだい」

小夜はやむなくベッドに入った。

「男の人を知っているというのは本当？　それだけ聞かせて。もうヴァージンじゃないの？」

小夜はコクッと喉を鳴らし、頷いた。そして、肌布団をかぶった。

風呂に入ったばかりで躰が火照っていた。その上、貴子から予想外のことを言われ、いっそう熱くなっていた。肌布団をかぶると同時に、むせそうになった。

何とか眠りたかった。

貴子が布団を剝《は》いだ。

「ヴァージンじゃないって聞いて、少しホッとしたわ。ヴァージンだったらどうしようと思っていたの。男の人を知らなくても、自分で破ることだってできるものね」

貴子の唇が、震える小夜の唇を塞《ふさ》いだ。

「くっ……」

小夜は首を振って逃れようとした。

貴子は唇を強く合わせたまま、左の乳房をネグリジェ越しに右手で包み、やさしく揉みほぐした。

これまでの誰ともちがう手は、女だからか、やけにやさしかった。須賀井がどんなに愛情をこめて揉みしだくより、もっとやさしい。男には真似できない柔らかさかもしれなかった。ふくらみを揉みしだく手は、薄いシルクの布越しに、いつしか乳首だけを指の腹でさすっていた。

「ぐ……くっ……んん」

唇を塞がれているので声が出ない。けれど、乳首を執拗に責めたてる指が、小夜の下腹部を疼かせた。鼻からくぐもった声が洩れた。上昇する熱が汗になって噴き出した。

乳房を愛撫する手が、反対のふくらみに移った。

肉のマメが脈打つようになってきた。小夜は両肩をくねらせた。

貴子の顔が離れた。

「感じてるわ。こんなによく感じてるわ。可愛い乳首がコリコリになってるわね。素敵な躰……こんなに感じやすいなら、毎日でもアソコを触らないと眠れないでしょう？　何もかも最高よ」

「いや……あう……いや」

「もう濡れてるはずよ。感じすぎて熱いのね。もっと気持ちよくしてあげるわ」

逃げようと思えば逃げられる。貴子のほうが力は強そうだが、全身で拒否すれば何とかなるだろう。だが、すでに覚えてしまった肉の悦びが総身をひたひたと侵しはじめると、小夜は拒絶することができなくなった。

それがわかるのか、貴子はネグリジェをふくらみの上までまくり上げ、乳首を口に含んだ。

「くうう……」

小夜は声とも喘ぎともつかないものを、鼻から洩らした。

乳首をやさしく舌と唇で玩びながら、貴子の手は下腹部へと伸びていった。ショーツの上から翳りを撫でまわす手は、鼠蹊部や内腿にも伸びていき、汗でじっとりと湿った皮膚を辿っていった。

貴子は息苦しいほどの感動を覚えながら、ようやく触れることのできた愛しい女の極上の肌を堪能していた。

小夜が大学に推薦入学してきたとき、一目見ただけで総身に電流が流れていくような衝撃を受けた。他の学生とは比べることもできない楚々とした美しさの小夜には、誰にも真似できない気品があり、しかも総身から被虐の匂いが漂っていた。

貴子が小夜に魅了されたように、他にも小夜を気にしているものが大勢いた。小夜を見る講師や助教授や教授達をさりげなく観察していた貴子は、いつか小夜がその中の誰かの手に落ちるにちがいないと、心穏やかではなかった。

教授達には妻子がいて結婚が無理でも、愛人にすることもできる。独身の男達は結婚が可能だ。しかし、貴子の競争相手はそれだけではなく、妻子ある男達の息子や孫、甥達まで加わった。

息子の嫁にしたい女だと口にした教授がいた。高齢の経営者は、小夜のことを知り、孫の嫁にいいかもしれないと言った。甥の嫁にという教授もいた。

貴子は運良く自分の教科を取った小夜に近づき、親しく話すようになった。花嫁候補のことを口にすると、小夜はまだそんなことは考えたこともないと、さらりと流した。恋人もいないと知った。

いつしか、小夜は自分のように、男を愛せない女ではないかと思うようになった。そして、ついに今の時間を持つことができるようになった。

力のある他の男達に勝利したことより、こうして自分の手で小夜が感じ、声を上げていることが嬉しい。世界でもっとも貴重な宝を手にしたようなものだ。

貴子はこのまま時間が止まって、小夜に触れたまま、永久にじっとしていることができるならと思った。

肉のマンジュウのワレメを指で辿った。湿っている。汗ではなく女の潤みだとわかる。

「邪魔なものはいらないわ。ね？」

貴子は囁くように言うと、ネグリジェを頭から抜き取った。

「きれいな乳房……形も色も何もかも……」

恥じらうようにしこり立っている小さな乳首を、唇で撫でた。

「んん……」

眉間に悦楽の皺を寄せた小夜が、胸を突きだした。

「すべすべの肌……甘い匂い……あなたは、この世でもっともきれいな女性だわ……こんなに可愛くて美しくて気品のある人には会ったことがないわ……これからも決して会えないわ。世界でたったひとつの、こんなに素晴らしい宝石に出会うことができるなんて……私は幸せよ。幸せすぎて怖いくらい」

頬で乳房を愛撫した貴子は、熱い息を吐きながら、シルクのネグリジェより滑《なめ》らかな肌を指先で滑り、唇や舌で愛撫していった。

「全部見せて……全部……ああ、きれい」

貴子は固く脚を閉じている小夜を裏返し、泣き砂のようにきめ細かな背中を愛《め》でていった。ショーツを少しだけ下ろし、臀部を舌で辿ると、双丘がきゅっと強ばった。すぼまりを見たいと思ったが、それ以上ショーツを下ろさず、脚への愛撫に移っていった。

美しすぎる。風呂で、すでに裸身を見ているが、触れていくと、視覚だけではわからなかった心地よい感触にうっとりとなった。

足首を取り、指を口に含んだ。

「あう……いや……オユビ、いや」

小夜が身悶えた。けれど、逃げようとはしない。

十本の足指を愛撫し終わると、また仰向けにした。抵抗力をなくした小夜の顔が火照っている。ぽっと染まった瞼や頬は、単に色っぽいというより妖艶だ。

「幸せよ……世界でいちばん美しい女を愛せるなんて」

貴子は唇を合わせた。

小夜は首を振って逃れようとしたが、一瞬だけだった。貴子の舌が瑛介のように入り込んできて唾液を奪いはじめると、されるままになっていた。なぜこんなことになったのかと、小夜は、それればかり考えていた。

貴子は唾液を絡め取りながら、ショーツに手を入れた。小夜は腰をくねらせた。

肉のマンジュウのあわいに入り込んだ指が、スッと下から上に動いた。小夜は短い声を洩らした。

「濡れてるわ。うんと濡れてる。感じてるのね」

顔を離した貴子の嬉々とした表情に、小夜は目を逸らした。

「嬉しいわ……私の可愛い天使だもの。じっとしていればいいのよ。うんと気持ちよくしてあげるわ」

ショーツが下りていき、踝《くるぶし》から抜き取られた。

異性にのみ興味を持たれると思っていた小夜は、意外な展開に戸惑うより、自分の性を思った。

高校生のとき、瑠璃子と互いの躰を触れ合ったことがある。しかし、それはあくまでも思春期における興味に過ぎなかった。瑠璃子に主導権を握られていたが、軽いいたずらといってもよかった。

けれど、貴子は彩継や須賀井や瑛介のように、小夜に特別の感情を抱いている。心だけではなく、躰まで求めている。小夜のことを美しいと賛美した貴子だが、小夜は貴子のほうがきれいだと思っていた。

貴子や緋蝶に比べると、自分は熟す前の果物のようだ。熟した女達に比べ、自分はまだ子供に過ぎないのではないか……。

　そんな自分を愛する男達や貴子。そして、それらの人々を拒絶できない自分がいる。むろん、いつか瑛介の腕を刺した男達のような品性もない者達を受け入れることはできないが、小夜自身が好感を持った者達が自分を求めれば、拒むことができなくなる。須賀井と瑛介は自分から求めた。だが、彩継には求められた。父と娘の関係になっていながら、躰を許した。

　今は、姉のように慕っていた貴子を、いちどは拒絶したものの、心底、愛しいと打ち明けられ、受け入れようとしている。

　愛しい愛しいと躰を愛でられると、肉が疼き出す。甘美な波が立ち、総身を悦楽の海に沈めていく。泣きたいような快感がひたひたと全身を浸していく。そうなると、抵抗できなくなる。なぜ、これほど心地よいのか。なぜ、これほどやさしい指や舌や唇なのか。

「何て美しいの……何てきれいなヘアなの……萌えだしたばかりの春の若草みたい……」

　貴子が翳りを撫で、頬を擦り寄せた。

「あのお屋敷から出ないでね……お養父さまを越える世界一の人形作家になってちょうだい。あなたがどの男のものにもならないのなら、私は安心して生きていけるわ。あなたはお人形を創るの。そして、私とだけ、ときどき会って、こうして愛し合うの」

　貴子はうっとりした声で言った。

「脚を閉じないで。見せて……一番大切なところ……」

「いや……」

「恥ずかしい？　きっと隠れているところもきれいね。私の心臓の音、伝わる？　ね？　こんなにドキドキしてるのよ。見たくて見たくてしかたがなかった秘密のあそこ……やっと見られるんだもの」

「いや……だめ」

小夜はもうじき、そこをくつろげられるとわかっていながら、わざと固く膝をつけた。

「見せて」

「だめ……」

こんなやりとりをしているだけで切なくなる。貴子も次への段階を楽しんでいるのがわかる。強引にこじ開けず、いつかくつろげられるのを承知で、貴子は言葉の遊びを楽しんでいる。

「私が見せてあげたら、見せてくれる？」

貴子はガウンを脱いだ。

「見ていいのよ」

小夜は首を振った。

「他の人のもの、見たことある？」

瑠璃子の顔が浮かんだが、小夜は首を振った。

「みんなちがうのよ。どの花びらもオマメも。色も形もみんなね」

小夜がじっとしていると、貴子は小夜の頭を跨《また》ぎ、左右の手で大きく肉のマンジュウをくつろげた。

濃い翳りに包まれた、やや黒ずんだ肉厚の花びらや、ぼってりした肉サヤが顔の真上に広がり、小夜は息を荒げた。

「どう？　初めて他の女のここを見た感想は」

瑠璃子とはまったくちがう形状をした女の器官を見ると、小夜は息苦しかった。いかにも花びらと呼ぶにふさわしい大きな小陰唇は、女壺に入り込む肉茎を包み込んでしまいそうだ。

「あとでキスしてくれる？　さあ、私のものを見たんだから、今度は小夜さんの可愛いあそこを見せて」

「いや」

甘えた声になっていくのが、小夜は自分でも不思議だった。それは、拒絶の言葉というより、もはや誘いの言葉に近かった。

「見せて……見たいの」

「いや。いやよ、先生……いや」

合わさっていた膝が、貴子の両手で難なくくつろげられた。

空気に嬲《なぶ》られる瞬間の羞恥と切なさが、他の男達に太腿を広げられるときと同じように、小夜を妖しい気持ちに駆り立てた。

「いい子……見せてくれるのね」

太腿の間に躰を入れた貴子は、肉のマンジュウを左右に割った。

「あ……いや」

小夜は尻をもじつかせた。

「きれい……こんなにきれいなものがあるなんて……触れると溶けてしまいそう……ああ、小夜さん、やっぱり……こんなにもきれいなものを隠していたのね」

震える声で言った貴子は、何度も喉を鳴らした。

「見ないで……いや……見ちゃいや」

見られているだけで、秘芯から熱い潤みが溢れ出してきたのが、小夜にもわかった。

「感じてるわ……きれいなジュースが溢れてきているの……凄いわ……何もしないのに、もう感じてくれてるのね……うんとやさしくしてあげるわ。私の天使、私の宝だもの」

貴子の顔が秘園に近づいた。

生あたたかい舌が花びらの尾根を舐め上げたとき、短い声を上げた小夜の背中がシーツから浮き上がった。

3

彩継と須賀井、画廊のオーナーの四人で徹夜麻雀をしていた瑛介は、白々と夜が明けた窓の外を眺めて、大きな伸びをした。

「小父さん、タフですね」

「まだいけるぞ」

彩継は元気だ。

「寝よう。まったく先生ときたら、化け物だ」

画廊のオーナーがあくびをした。

「何だ、もう終わりか？　瑛介君は大丈夫だろう？」

「勘弁してください。来春の大学受験を控えている高校生の家庭教師は、どうしてもさぼれないんです。また夜になったらおつきあいしますから、ひとまずこれでお邪魔します」

「バイトか。大丈夫なのか？」

須賀井も伸びをしながら訊いた。

「十時からのところは昼飯を食べさせてくれて、もう一軒の三時からのところは、上手くいけば晩飯を食べさせてくれます。どちらも一人っ子だから、俺になついてくれているし、いつも引き留められるんです。でも、バイトが終わったら、できるだけ早くやってきて、約束どおり、今夜もつき合いますから」

「それじゃ、徹夜じゃないか、躰がもたないだろう？」

須賀井が心配している。

「小父さん達より若いですからね。一晩二晩くらいの徹夜、大丈夫ですよ」

瑛介は立ち上がった。

「小夜ちゃんがいないからって、朝まで麻雀をするなんて、小父さんも子離れできそうにないですね。小夜ちゃんがいないと淋しいですか？　きっと、小夜ちゃんのほうは、家のことなんか忘れて羽を伸ばしてますよ。淋しいなら、小父さんも大学の先生の別荘とやらに連れて行ってもらえばよかったのに。ここに来て初めて、小母さんに、小夜ちゃんは旅行だと聞かされて、なるほどと思いましたよ」

瑛介はからかうように言った。

「しばらくやってなかったから、急に麻雀したくなっただけだ」

「私は今夜は勘弁してもらいますよ。別のメンバーを探して下さい」

画廊のオーナーが言った。

「つき合いの悪い奴だ」

「今夜は大事なパーティがあるんですから」

「朝までやってるわけじゃないだろう？」

「先生につき合っていたら死にますよ」

瑛介は彩継達の会話を聞きながら、部屋を出て屋敷を後にした。

緋蝶は午前三時過ぎに自室に消えた。今ごろ、疲れて熟睡しているだろう。客を前に、朝までつき合うつもりだったようだが、最初こそ、軽い食べ物を出したり、飲物を出したりしていたものの、他人の麻雀を見ているだけで疲れたらしく、うとうとするようになった。

緋蝶に、最初に休むように言ったのは須賀井だった。瑛介もオーナーも、それを勧めた。最後に彩継が、もういいと言った。緋蝶は申し訳なさそうな顔をしていたが、睡魔には勝てないようで、部屋を出ていった。

彩継達には電車を使ってきたと言った瑛介だが、昨夜から知り合いに車を借りていた。きょうのバイトは断っている。

小夜が貴子と別荘に行くと言ったときから、彩継の目を盗んで、奥湯河原までドライブすることを決めていた。

女ふたりで旅行して何が楽しいだろう。しかも、大学の助教授だ。しかし、彩継は、相手が女だからすんなり許したのだ。屋敷を離れて息抜きをしている小夜が、どんな顔をしているか、どんなふうに楽しんでいるかを見たかった。

小夜とは、たまにこっそりと会って抱いているが、元気な盛りの瑛介にとっては、とうてい満足できるものではない。もっと抱きたい。毎日でも抱きたい。一日いっしょにいられるなら、目覚めて眠りにつくまで、何回、小夜を抱くだろう。それができないなら、会うだけでもいい。今どきの男女なら、愛し合っていれば、毎日でも連絡を取り合うだろう。夏休みだというのに、毎日会えないだけでなく、電話で話をすることすらできない。

たとえ小夜がひとりではないとわかっていても、自由に動いている小夜を見ることができるなら、それだけでいい。彩継の目を気にしないでいいだけましだ。

奥湯河原まで車で二時間もあれば着くだろう。小夜の姿を眺め、できるなら助教授の目を盗んで小夜と話したい。口づけぐらいできるだろう。もしかしたら、抱けるかもしれないとまで考えていた。

そして、七時ぐらいまでに、何食わぬ顔をして椿屋敷に入り、彩継の麻雀につき合えばいい。

平日の道路だけに、思ったより早く奥湯河原に着いた。だが、どの別荘かわからない。

小夜にさりげなく貴子のことは聞いていた。名物のきびもちを売っている土産屋に訊いたがわからなかった。ここまで来て別荘を探し出せずに戻ることになれば、あまりにも間抜けでお笑い草だと思ったが、何軒めかの酒屋に尋ねたとき、白塗りのしゃれた洋風の別荘だと、場所を教えられた。

小夜に会える。小夜はどんなにびっくりするだろう。だが、貴子に知られないようにしなければならない。彩継に告げ口されたら大変だ。

別荘を探し当てた瑛介は、初恋の少年のように胸躍らせた。まるで、久しく会えないでいた恋人に、やっと会えるようなときめきがあった。

玄関から入るわけにはいかない。瑛介は白い建物を四方から見まわし、この中に小夜がいるのだと思った。

周囲には緑が多く、道路側にさえいなければ、ほとんど人に会うこともなさそうで、不審に思われることもない。瑛介は小さな半円形のテラスのある裏手から建物を見つめた。

(おい、小夜、出て来いよ。どこにいるんだ？　小父さんの目を欺いて、徹夜までして、わざわざ車をすっ飛ばして会いに来たんだぞ)

おとなしく待つのは、せいぜい一時間が限度かもしれない。ここに小夜がいるとわかっていながら、ただ指を咥えて待っているのは時間の無駄だ。新聞の勧誘員の振りをしてでも訪ねてみようかなどと、滑稽《こっけい》なことも考えた。

一時間どころか、三十分もすると、瑛介は我慢できなくなった。

今の時間は朝食もすんだころだろうか。それとも、昨夜は遅い時間に休み、まだ眠りの中だろうか。

木陰に身を潜めて別荘を眺めていると、テラスのついた二階の部屋の窓が開いた。

ハッとしたが、小夜ではなかった。白いガウンを羽織った女は三十路半ばか。怜悧《れいり》な顔の女が、小夜に聞いていた助教授の牧野貴子にちがいない。

(何だ、今ごろ、お目覚めか)

小夜はどの部屋にいるだろう。そう思ったとき、貴子が首を後ろにまわした。何か言っているようだ。そこに小夜もいるのかもしれない。

貴子はいったん窓際から消えたが、小夜を伴って戻ってきた。瑛介は息を呑んだ。

小夜が現れたからではなく、小夜が何も身にまとっていなかったからだ。小夜はおずおずと窓から外を眺めたが、すぐに引っ込んだ。貴子の横顔が笑っている。

瑛介の躰が汗ばんだ。

小夜の性格を知っている瑛介にとって、貴子がガウンを羽織っているにもかかわらず、小夜が裸身ということは、不自然すぎる光景だ。貴子が裸でも、小夜だけは何か羽織っているはずだ。

瑛介は一瞬のうちに異常を察した。

まず貴子がガウンを羽織って外を眺め、誰もいないから大丈夫、とでも言って、裸の小夜を強引に窓際に呼んだ。小夜はやむなく外を眺めたが、生まれたままの姿なので、羞恥や不安に苛《さいな》まれ、ほんのひとときしか、その場にいることができなかった……。

瑛介はそんなストーリーを素早く考えた。

いくら同室しているのが同性とはいえ、小夜が裸でいられるわけがない。たとえ瑠璃子の前でも、裸で歩いたりはしないだろう。

自分だけの女だと思っていた小夜が、よりによって貴子に自由にされているかもしれないと知った瑛介は、呆然としていた。相手が男でないだけに、よけいに複雑だ。相手が男であれば、怒りに血管がちぎれそうになったかもしれない。しかし、女だということで、怒りより始末の悪い感情が芽生えている。絶望に似た気持ちだ。

小夜はいつから貴子とそういう関係だったのか……。貴子のことを、最初は信頼できる師だと言っていた。そのうち、姉妹のような感情が湧いてきたと言うようになった。だが、ふたりの関係が、同性愛を伴っているなど考えたこともなかった。

小夜のさりげない芝居に騙されていたのか……。けれど、瑛介に抱かれる小夜には、微塵《みじん》も他者の気配は感じられなかった。自分だけの女だと信じていた。

貴子が窓を閉めた。

瑛介はしばらくその窓を眺め、混乱していた。

小夜ほど可愛い女はいない。無垢な女であり続ける女だ。小夜は女同士の行為は、男との行為とは別だと思っているのか……。

考えれば考えるほど混乱してくる。

やがて、パンタロンスーツの貴子が玄関から出てくると、玄関先に咲いていた薄いピンク色の蛍袋《ほたるぶくろ》を数本手折《たお》って戻っていった。

これから朝食か、それとも、近くにでも出かけるつもりか。小夜達が出かけるようなら、後をつけて、ふたりがどんな表情をして行動するか見ていたい。

しかし、三十分経ってもふたりは出てこない。痺《しび》れを切らした瑛介は、細長い奇妙な形の窓から中を覗き込んだ。けれど、無防備な作りになっているはずもなく、分厚い特殊な硝子《ガラス》の嵌め込まれた窓から、中のようすは窺《うかが》えなかった。

それでも、貴子が服を着て外に出てきたからには、二階ではなく一階にいるのではないかという気がした。もしかすると、テラスのある二階の窓が一度ひらいただけに、まだ鍵がかかっておらず、そこから忍び込めるかもしれない。急いで裏手にまわった。

周囲に人影のないのを確かめ、建物のポールを伝ってよじ上り、テラスの枠に足を掛けて体重を移し、何とか半円形のテラスに忍び込んだ。

ノブを引いてみると、期待どおり、鍵はかかっていなかった。

靴をどうするか迷ったが、脱いだスニーカーを持って入り込んだ。

大きなベッドだ。布団を剝ぐと、ほのかなぬくもりがあった。ここに裸の小夜が横になっていたと思っただけで、股間のものが勝手に勃ち上がってきた。

こんなときにと、瑛介は舌打ちした。

ドアを開けて廊下に出ると、階下から貴子らしい女の声がした。

「温泉、気に入ったみたいね。明日帰るのが惜しいわ。夏休みの間に、また来ましょうね。何度でも。いいでしょう？」

「だめ……」

ようやく聞き取れる小夜の声がした。

「冷たい仔猫ちゃんね。あんなに感じていたくせに」

やはりそうかと、瑛介は想像が正しかったことに拳《こぶし》を握った。

「時間が惜しいわ。上に行きましょう」

「いや……」

「もっともっと気持ちのいいこと、教えてあげるわ」

「だめ」

「いやじゃないでしょう？　何が怖いの？　気持ちよすぎること？　生きているっていうことは肉体があるということ。生きている人間が幸せになるには、心も躰も幸せにならなくちゃ、意味がないわ。どちらか一方だけじゃだめなのよ」

「だめ……先生は誰かと結婚しなくちゃだめ」

貴子が笑った。

「子供みたいなことを言うのね。もうじき二十歳でしょう？　世の中には、いろいろな愛の形があるってこと、もうわかっているでしょう？　タブーなんて存在しないのよ。タブーを作るのは人や宗教。私に愛されて悦んでいた小夜さんがいたわ。私のこと、嫌いじゃないからよ。そうよね？　どうやって処女膜を破いたかは教えてくれないけど、男とのセックスじゃないわね？　オユビ？　それとも、何かオモチャを入れて遊んだの？　あら、紅くなって可愛い」

貴子がまた笑った。

「あなたは男なんかに興味はないの。誰もが振り返るほどの女性なのに、恋人もいないなんて不自然すぎるもの。そして、とうとう私のオクチや指で声を上げてくれたわ。これからは私が愛してあげる。きれいな躰のすべてを」

「だめ……」

瑛介はふたりのやりとりを聞いていて、小夜は、ここに着いてから貴子に玩ばれたのだと知った。

貴子は以前から小夜を狙っていたのだろうか。小夜は貴子に愛されることが本意ではないようだ。それなのに、なぜ抵抗しなかったのか。助教授と学生の関係では逆らうことができなかったのか。それがわかっていて貴子は小夜を自由にしたのか。小夜の気持ちが貴子に向いていないと知っただけで少しほっとしたものの、貴子への憎悪が湧き上がった。

「さあ、上に行きましょう」

「いや……」

「ふふ、そうやって拗《す》ねたような顔をされると、ますます可愛くてしかたがないわ。どうしてそんなに可愛いの？　どうしたら人を惹きつけることができるか、ちゃんと知っているのね。意識しているとは思わないわ。生まれ持ったものよ。小夜さんは、じっとしていても男や女を誘惑できるの。いいえ、誘惑できるんじゃなくて、誘惑してしまうの。橘《たちばな》教授や講師の尾長《おなが》さんには、特に気をつけるのよ。あなたを狙っているわ。他の人もみんなね」

瑛介は貴子を憎いと思いながらも、その言葉には納得せざるを得なかった。

小夜は人を誘惑するオーラを放っている。それは生まれ持ったもので、小夜にはどうすることもできないのだ。

貴子が言ったように、小夜は存在するだけで人を誘惑し、虜《とりこ》にする。養父の彩継さえ、小夜を自分だけのものにしようとしている。自分の目の届くところに置いておこうとしている。他の男には絶対に触れさせまいとしている。しかし、彩継は、小夜が女まで虜にするとは思っていなかっただろう。

たとえ同性であっても、貴子が小夜に肉の悦びを与えたと知れば、彩継は二度と小夜を貴子に近づけないだろう。

「さあ、いらっしゃい」

軽い朝食を摂った後だろうか。

瑛介は、二階にふたりが上がってくる前にと、慌てて寝室に戻った。テラスに出ようと思ったが、これからのことが気になる。テラスで覗き見していては、近くを人が通ったとき、不審がられる。だが、このまま退くことはできない。

瑛介はクロゼットを開けてみた。案外広い。テラスに出るより、クロゼットを選んだ。

クロゼットは鎧戸《よろいど》になっており、部屋から中は見えないが、クロゼットからは部屋が見渡せる。見つかったらどうなるだろうと、さすがに不安が掠めたが、たとえ見つかったとしても、小夜は誰にも告げ口するはずがない。貴子に咎《とが》められたら、この事実を彩継と緋蝶に知らせると脅すだけだ。そう考えると、不安が薄らいだ。かわりに、どんなことが起こるかと、好奇心だけでなく、嫉妬や怒りが渦巻いた。

小夜を引っ張るようにして、貴子が戻ってきた。小夜は白いネグリジェを着ていた。だが、ブラジャーやショーツをつけていないのは、薄い生地から透けて見えた。

小夜は天使のようだ。やはり、白い羽が生えているように見える。たった今、抱きたいと、瑛介は猛烈に欲情した。

貴子がスーツを脱いだ。黒いブラジャーと黒いショーツだけになると、服を着ていたときとは、まったくちがう雰囲気だ。

女豹が抵抗できない仔羊を屠《ほふ》ろうとしている……。

瑛介にはそう見えた。

貴子が全裸になった。ほどよくついた腰や尻の肉は、熟れた女そのものだ。

「私のことも愛してくれない？　私がしてあげたように、私にもして」

「いや……」

ベッドに腰掛けている小夜は、うつむいている。

「されるほうがいい？　いくらでも愛してあげるわ」

「いや……」

「ふふ、いやとしか言わないのね。でも、いやじゃないのはわかってるわ。もうあそこに、美味しいジュースがたっぷり溢れてるんでしょう？」

小夜の膝が固く閉じた。

「うんと濡れてくれて嬉しいわ……うんと感じてくれるし、素晴らしい躰だわ……どこかに閉じこめて、私だけのペットにしたい……見ているだけで息苦しくなるのよ。わかる？」

小夜は怯《おび》えた顔でイヤイヤをした。

クロゼットの中からでも、貴子が徐々に昂ぶってきているのが、息づかいの変化からわかった。

「そんな顔を見ると、おかしくなるのよ……冷静でいられなくなるの……虐《いじ》めたくなるの」

「いや」

「大丈夫。虐めたりしないわ。でも、動けなくして愛したくなる……くってやさしく愛したいわ。昨日からそう思うようになったの」

貴子はバスローブの紐《ひも》を手に取った。

「だめっ！　いやっ！」

今までじっとしていた小夜が、素早く立ち上がり、逃げようとした。だが、すぐに腕をつかまれ、ヒッと声を上げた。

「怖がらないで。うんと気持ちよくなれるわ」

瑛介はクロゼットを飛び出して、貴子を押し退け、小夜を助けようかと身がまえた。

「きっと好きになるわ。わかってるの。あなたは、きっとこういうことが好きになる。試してみればわかることよ。本当に嫌いだってわかったら、すぐにやめるわ」

瑛介は上半身を斜めに突き出そうとしていたが、すんでのところで元に戻した。

彩継が蔵で緋蝶をいたぶっていたアブノーマルな映像が、瑛介の脳裏に甦った。あの日の強烈な光景を忘れるはずがない。ときおり、ふっと脳裏に浮かんでは、瑛介の心を揺さぶった。

小夜は彩継と緋蝶の行為をどう思っているだろう。自分とは別世界の出来事だと思っているのか。それとも、アブノーマルな世界に惹かれることはあるのか……。

貴子が言ったように、試してみればわかることなのか。いやがっている怯えた小夜を救いたい気持ちはあるが、本当はどうなのか。哀れなほどいやがったら、そのときこそ飛び出して救い出そう。この光景を見られたことがわかった貴子は、瑛介のことを彩継達に口にできるはずがない。

「いやっ！」

両手をひとつにされた小夜は、全力で抗《あらが》っている。

「怖がらないで。いやなら五分でやめると約束するわ。仔猫ちゃん、そんなに怖がらないで」

「いやあ！」

手首にバスローブの紐を巻かれた小夜は、全身で抗っている。

瑛介はそれを覗きながら、肉茎を反り返らせていた。小夜の表情と声に、獣の血が騒ぎ立てている。哀れというより、小夜を犯したいという気持ちがますます強くなる。小夜を自由にしようとしている貴子に腹を立てながら、貴子の気持ちと重なっている自分に気づいた。

「大丈夫。私があなたのいやなことをするはずがないでしょう？」

小夜は両手首をひとつにされ、ベッドのポールにバンザイの恰好をしてくくりつけられた。抵抗するだけネグリジェの裾《すそ》が捲《まく》れ上がり、その淫らさに、瑛介は射精しそうになった。

「いやいやいやっ！」

「大丈夫。すぐに解《ほど》いてあげるから。でも」

そこで貴子は小夜の頭を撫でながら、意味ありげに唇をゆるめた。

「もし、あそこが濡れていたら、簡単には解いてあげられないわ。ジュースが出ていなかったら、五分で解いてあげるわ。約束するから」

「いやいやいやっ！」

小夜は一段と抵抗を強め、総身を左右に捻《よじ》るようにして、拘束から逃れようとした。

「大丈夫……もう他人の仲じゃなくなったのに、どうしてそんなにいやがるの？　怖くないでしょう？　私のことが好きなはずよ？　大丈夫。大丈夫だから」

貴子は赤子をあやすような、ゆったりとした口調で言った。そして、小夜の唇を奪った。イヤイヤをされると、耳朶を舐めた。

「くっ……いや」

小夜が掠れた声を出した。

「きれい……きれいよ……世界一きれいな子……世界一感じやすい仔猫ちゃん」

貴子は歌うように言いながら、ネグリジェの裾を首まで捲り上げた。

椀形の乳房が波打っている。薄めの翳りさえ怯えているようだ。脚の間に入っている貴子のために太腿がひらいている。人の字になった小夜の拘束された姿に、瑛介はかつてないほど激しく欲情した。

彩継と緋蝶の異常な行為を覗いたときから、何度も紅い縄が脳裏に浮かんだ。本当はこんなふうに、小夜を拘束し、犯してみたかったのかもしれない。だが、小夜の無垢な姿の前で、必死に異常な欲望を抑えていたのだ。

こうして力ずくで小夜を拘束した貴子の行為を覗いていると、充血した肉茎が爆《は》ぜてしまうのではないかと恐怖を感じるほど、激しく興奮してくる。

「可愛い可愛い私の仔猫ちゃん」

貴子は翳りを撫でると、腰をくねらせて抗う小夜の肉のマンジュウを、両手で大きく左右にくつろげた。

銀色にぬめり輝く蜜にまぶされた女の器官に、貴子は笑みを浮かべた。

「濡れてるわ。やっぱりそうね。いやじゃないのよ。こうして愛してもらいたいのよ」

「いやっ！　解いて！　あう……」

秘口を指で触れられた小夜の腰は、ひくっと弾んで落ちた。

「ほら、これはなあに？　お小水じゃないわね。感じると出てくるジュース。透明でぬるぬるしてて」

貴子は濡れた指先を口に入れた。

「少しだけ塩辛いわ」

小夜は泣きそうな顔をして首を振り立てた。

「好きだからこうするの。あなたがこれも好きだと思ったから、こうしたの。そしたら、やっぱりそうだったわ。何もしないうちから濡れてるんだもの。恥ずかしがらなくていいのよ。くくられると、そうでないときより、もっと感じるでしょう？　ドキドキするでしょう？」

「解いて」

小夜は総身を左右に振りたくって手首を拘束しているバスローブの紐を引っ張った。

「素直になって。恥ずかしいことじゃないのよ。これがいいと言って。こうされると変な気持ちになって、うんと感じると言って」

「いや。いや」

小夜は全身を動かすのをやめなかった。

「ああ、わかったわ。そうやって、私を誘惑しているのね。濡れてるんだから、私に嘘はつけないわよ。オクチは嘘つきでも、躰はとっても正直だもの。もう嘘つきのオクチにはキスしてあげないけど、正直で可愛いオクチには、いくらでもキスしてあげるわ」

太腿の間で腹這いになった貴子は、秘園に顔を埋め、花びらを舌先で玩んだ。

「んんっ！　だめっ！」

小夜の乳房がこぼれ落ちるように揺れた。

「またジュースが出てきたわ。そんなに感じるの？　いい子ね」

貴子の舌は、花びらの脇の肉の溝を何度も滑り、また花びらの縁を丁寧になぞった。

「くうう……ああう……いや……んんん」

拘束されている小夜の悩ましい表情に、瑛介は息苦しくなった。バスローブの紐を引っ張って抵抗していた小夜が、いつしかその動きをやめ、躰をくねらせはじめた。

悦楽の波間を漂っている。顎を突き出し、口をあけ、眉間に小さな皺を寄せ、腰をゆったりと動かす。ときには、貴子の愛撫を求めるように、腰をシーツから浮き上がらせた。

仔羊の蜜をすする女豹は、いつしかペチョペチョと破廉恥な音さえさせている。

「先生……いや……くううっ」

「いやじゃないはずよ。お洩らししたように、こんなに濡れてるのよ。もっといいことを教えてあげるわ」

小夜から離れた貴子は、ローボードの抽斗《ひきだし》から、黒い異様なものを取り出してきた。弓のように弧を描いたものを見せられた小夜は、喉を鳴らした。明らかに肉茎だ。だが、彩継が緋蝶に使っていたようなものではなかった。

「初めて？　これは女同士で愛し合うときのもの。これを私が腰につけて、小夜さんのアソコに入れてひとつになるのよ。ヴァージンだったらできないけど……処女膜が破れているのがわかったから、これを使えるんだと嬉しかったわ」

「しないで……いや」

「まだ怖いの？　痛かったらやめるわ。でも、きっと気持ちいいわ」

貴子が異物のついたハイレグショーツを穿くと、股間から黒い肉茎がニョッキリと生えた。

「たっぷり濡れてるから痛くないはずよ。そっと入れてあげるから」

貴子は膝を折って肉茎の先を小夜の秘口につけた。

「いやっ！　くううううっ」

黒い異物が小夜の秘口に呑み込まれていった。

小夜の声がしめやかな喘ぎに変わるのに、時間はかからなかった。

第四章　策略

1

あの時間は現実だったのだろうか……。

貴子の別荘で起こった出来事を、小夜は夢を見ていたような感覚で思い出していた。

「どうした」

彩継が横から声を掛けた。

ふたりは工房にいた。

小夜は新しい人形の頭部を、油土で形作っていた。ほぼ形はできあがっていたが、まだ細部に手を入れなければならない。

「お遊びの人形作りならいいが、そうでないなら気持ちを集中させろ。人様に見てもらえるような人形を創りたいなら」

彩継は工房で人形を制作しているときは、小夜に厳しい顔を見せる。養父でもなく、男でもなく、師の顔だ。こんなにもちがう表情を見せる者を、小夜は他に知らない。

この厳しい師が、ときには男になり、小夜の総身をあますところなく舐め上げ、声を上げさせる。工房で人形を創っているときは、彩継から受ける恥ずかしい行為が夢のように思えてならない。

椿屋敷の住人になってから、夢のような出来事が多い。ときおり小夜は、夢と現実の区別がつかなくなる。別の次元に迷い込んでいるのではないかと思うこともある。貴子との出来事は、まだ小夜の中で、確かな現実にはなっていない。

「お茶にしませんか」

緋蝶がやってきた。工房の戸はひらいている。

「小夜は気持ちを集中できないようだ。休もう」

彩継が立ち上がった。

「夏は疲れるものです。お昼寝でもしたほうがいいんじゃありませんか？」

そう言いながら、緋蝶は小夜の創っていた人形の頭部に目をやった。

「まあ、可愛い。小夜ちゃんの創るお人形は、きっとみなさん、欲しいと言って下さるわ。まだ最初の工程なのに、もう何か魂がこもっているみたい。その目に見えないものは、いくら著名な先生でも教えられないものだわ。そうですね？」

　おどけたような緋蝶の問いに、彩継は何もこたえなかった。

「小夜ちゃんが可愛いくせに、人形のことになると、あなたは別人になってしまうわ。素直に誉めてあげたらよろしいじゃありませんか。小夜ちゃんの才能は、ちゃんと認めていらっしゃるくせに。牧野先生にお聞きしています」

　緋蝶が笑った。

「お養父さまのお人形に比べたら、私のものなんか、ほんのオアソビだわ」

　創るほどに彩継の偉大さがわかって、小夜はときどき萎《な》えそうになる。

「才能はある。だが、才能は磨かないと光らない。まだ始めたばかりだ。誉めるわけにはいかない」

「小夜ちゃん、早くここから出ましょう。ここにいなければ、やさしいお養父さまに戻るわ」

　緋蝶が、また笑った。

　お茶を飲んでいると、唐突に瑠璃子がやってきた。

　同じ大学に入学したが、学部がちがう。高校時代より、瑠璃子が椿屋敷に来る回数は少なくなった。それでも、月に何回かは顔を出す。

小夜は彩継達の憩っているダイニングに、瑠璃子を案内した。

「こんにちは。留守じゃないと思ったから、急に来てしまいました。わっ、美味しそう！」

テーブルに載っている水羊羹を見て、瑠璃子がはしゃいだ。

「お養父さま達のを取っちゃだめよ。まだあるから、瑠璃子には冷えたのを出してあげるから」

「たくさんあるの？」

「ふたつ食べるつもり？」

「ふたつでも三つでも」

「三つは食べ過ぎでしょう？　太っても知らないから」

小夜はブルーの入った涼しげなクリスタル皿に、水羊羹をふたつ入れて瑠璃子に出した。

「私も奥湯河原に行きたかったなあ。だけど、牧野先生とは関係ないし。でも、小夜の友達と言ってついていけばよかったかなあ」

小夜は奥湯河原行きは瑠璃子に話さなかった。だが、別荘に行っているときに、瑠璃子が電話してきたらしく、緋蝶が留守の理由を告げたのだ。

戻ってきた小夜は瑠璃子に旅行のことを訊かれ、急の話だっただけでなく、瑠璃子と貴子は面識がないはずだから黙っていたと言い訳した。

「今度行くときは、私のことも先生に言ってよね。どうして結婚しないのかな。かっこいい先生なのに。何かそれに関して言ってた？」

「まあ、そんなこと、あんまり詮索するものじゃないわよ」

緋蝶がたしなめた。

「だって興味あるわ。出世頭の教授を他の人に取られたのかな。なかなか、次のお金持ちが見つからないとか」

「またそんなこと。それより、お人形は創らないの？　夏休みだから時間があるんじゃないの？」

緋蝶が話題を変えた。

「小夜のほうが上手いんだもの。蛙の子は蛙って言うけど、私は平凡な母の子みたい。ただのお人形しか創れないのかも。小夜はなんだか、私とちがうんだもの。チョ〜ウマ」

「えっ？　なあに？　最後のそれ」

緋蝶が首をかしげた。

「チョ〜ウマって、もの凄いの超と、上手いのウマをくっつけたの。オバサマには通じないのかあ。もう、これって標準語に近いんだけどな」

「あら、ごめんなさいね……」

「やだ。謝らないでオバサマ。これから、オバサマには、由緒正しい日本語で話しますから」

瑠璃子が舌を出した。

それから小夜と過ごした瑠璃子は、夕飯もいっしょに囲んだ。

「これから行きたいところがあるから、よかったら、途中まで送ってやろうか」

「あら、急におでかけ？」

緋蝶が意外だという顔をした。

「頼まれものが遅れそうだから、一杯呑んで適当にごまかしてくる」

「食べ逃げじゃ悪いと思ったけど、本当は、そろそろ帰らなくちゃと思っていたの。オジサマがおでかけなら、ついでに送ってもらおうかな」

「方向がちがうから、途中の駅までだぞ」

彩継と瑠璃子は、それから十五分ほどして椿屋敷を後にした。

「オジサマ、ドライブしない？　大事な用じゃないようだから、すぐに行かなくてもいいんでしょう？　このごろ、ちっとも相手をしてくれないのね」

助手席の瑠璃子は恨めしそうに言った。

「まずいと思わないか？　そろそろ小夜に感づかれるかもしれない。そうなったら大変だぞ」

「小夜が気づくはずないわ。勘ぐりもしないわ。男と女のことには疎《うと》いから。もうじき二十歳になるっていうのに、きっと、まだヴァージンだわ。オジサマが可愛がりすぎるからよ。もっと自由にさせなくちゃ」

「小夜は、まだヴァージンか」

「だってつき合ってる人、いないもの。だいたい、夏休みに女の助教授なんかと旅行に行くなんて、いないに決まってるわ。男の教授や講師だっていくらでもいるのに。そんな人を狙えば、小夜なら、誰だってつき合ってくれるはずなのに」

小夜に男はいない……。いつも不安がつきまとっているだけに、いちばん身近な瑠璃子の確信的な言葉に、彩継はにんまりとした。

「今時、彼氏のひとりもいないなんて、まともに成長してないってことよ。心配じゃないの？」

「人それぞれだ。十代で結婚する者もいれば、五十、六十で初婚もいる。いい相手がいたらつき合うだろうさ」

他の誰にも小夜を自由にさせるつもりはない。彩継は小夜を一人前の生き人形作家に育て、親子で個展をひらくのを将来の目標にしていた。それこそが、彩継の人生の夢となった。

父と子であり、師と弟子であり、男と女である関係。彩継は一生、その関係を続けるつもりだ。

「オジサマ、私、遅くなってもいいの。ホテルに行きたいわ。いいでしょう？」

「そのつもりだ。人に会う予定なんかない。出る口実に言ったまでだ」

「ほんと？　最高！　私のために出てくれたのね」

瑠璃子は子供のようにはしゃいだ。

彩継は瑠璃子とのつき合いが面倒になっている。たまに、つまみ食いするくらいならいいが、小夜の友達とあっては、関係を知られないようにと気遣いも必要で疲れる。極上の女なら、何としても自分のものにしておきたいが、緋蝶や小夜と接していると、ただの女でしかない。瑠璃子が遊びでつき合うというならまだしも、今も真剣に彩継を思っているのがわかるだけに、そろそろ断ち切らなければならない。だらだら続けると、腐れ縁になってまずい。

「私はノーマルじゃない。わかっているな？」

「後ろばっかり。ちゃんと最初のときのようにノーマルに抱いて」

一度とはいえ、瑠璃子をまともに抱いたことを、今も彩継は後悔していた。

「今まで、瑠璃子に遠慮していたが、私はもっとアブノーマルなことが趣味だ。緋蝶に対してそんなことをやるわけにはいかないし、悟られたくないし、たまにこっそり、外でそういうことをやっていた。相手にしてくれるプロはいくらでもいるからな」

「どういうこと……？　プロを相手って？」

「ロープでくくって天井から吊《つる》したり、鞭《むち》で叩いたり、皮膚を針で刺したり、蠟《ろう》を垂らしたり。わかるだろう？　私はサドだ。痛めつけられることで感じて悦ぶ女を相手にするのが、理想のセックスだ」

できるなら、瑠璃子とはきょう限りで、プレイをおしまいにしたい。二度と求めてこないように、精いっぱい脅しておかなければならない。

「今夜は楽しませてもらうぞ。今までのはガキのオアソビだ。瑠璃子が本当に私とつき合いたいなら、オアソビじゃなく、本格的に私の趣味につき合ってもらわないとな。そうでないと意味がない。殺しはしない。プレイには慣れている。見えるところには傷もつけない。隠れたところには、鞭の痕《あと》ぐらいつくかもしれないがな」

瑠璃子が喘いでいる。

彩継はほくそえんだ。

「これから行くのは、そういうホテルだ。天井に滑車もついている。百キロどころか、二百キロぐらいは吊せる。瑠璃子を逆さに吊してみたい。ロープでも鞭でも、たいていのものは用意してある」

「私、あんまり時間ない……ゆっくりホテルにいるわけにはいかないし、普通のホテルがいい……」

瑠璃子は興味を見せるどころか怯えている。好奇心を煽《あお》ったらどうしようという心配もあったが、無用だったようだ。

「私にとって、普通のホテルなんか意味はないんだ。いつまでも瑠璃子の尻だけいたぶっていても面白くない。ヴァギナで繋がるのも興味はない。尿道でもやれるのを知っているか？」

彩継はにやりとした。

「後ろを徐々に広げていってアナルコイタスできるようになったんだから、今夜から、おシッコの出るところを広げていこう。ペニスが無理でも、指ぐらい入るようにしたい」

「いや……」

瑠璃子は落ち着きをなくしてきた。

ここで、やめては脅しにならない。プレイルームに連れて行き、おどろおどろしい道具を見せ、逆さに吊すぐらいのことは必要だ。

ＳＭを教え込みたい相手には、じっくりと飴を差し出しながら手なずけていくが、瑠璃子には飴を見せるわけにはいかない。鞭だけを見せて、二度と男女の仲を望まないようにするだけだ。

「これまでになく血が滾ってきた。今夜こそ、瑠璃子を思いのままにできそうだからな。ノーマルを装って生活することの息苦しさがわかるか？　小夜にはやさしい養父、女房には仕事熱心でセックスには淡泊な夫。やりきれないから、ときどき玄人《くろうと》とプレイしたりしないとストレスが溜まる。だけど、瑠璃子のような女がいたら、これから、玄人なんか相手にする必要もない。瑠璃子には少しアブノーマルなことをしてきたが、それでも我慢して本性は出さなかった。今夜は瑠璃子もホテルに行きたいと言ってくれたし、もう変な我慢なんかするのはやめた」

瑠璃子の息がますます荒くなっている。心臓は激しい音を立てているだろう。彩継は笑いたくなるのを堪《こら》えた。

「アブノーマルな世界にはまり込むと、正常位のセックスなんかばかばかしくなる。利口な人間は、頭でプレイするものだ。ペニスとヴァギナで繋がらなくても、脳味噌でエクスタシーを感じるものだ。少しはわかってくれるだろう？」

「私はそんなにアブノーマルじゃないから……オジサマが大好き。だけど、普通のセックスがいい……」

「今夜から、ハードなことをすれば、じきに普通のセックスなんか刺激がなくてつまらなくなる。私の相手をしていた玄人の女は真性マゾで、鞭で打ちのめすと気をやるんだ。針を乳首やクリトリスに刺すと、オシッコを洩らすほど感じていた。瑠璃子もそうなってほしい」

「だめ……」

「なあに、何度かプレイすれば好きになる。いつも尻で繋がってくれたぐらいだ。これも生まれ持ったものがあるから、何度やってもだめな女もいるが、瑠璃子は私が好きなら、どんなことにも耐えられるだろう？　慣れてきたら、下の毛を剃《そ》って、そこにタトゥも入れさせたい。そうなると、他の男とはできなくなるぞ。刺青《いれずみ》を見た男のムスコが縮むかもしれないからな。知り合いの彫師にいいものを入れてもらおう。いくら金がかかってもいい。私が出すんだ」

瑠璃子の動揺を楽しみながら、彩継はＳＭホテルに向かった。

「オジサマ……私……」

「オマメがウズウズするか」

「普通のセックスがいいの……」

「さんざんケツでやっていながら、今さら普通のセックスだと？　遠慮しているのか。それとも、恥ずかしいのか。今夜はうんと楽しませてやる。瑠璃子の後ろを奪ってから、もう何年になる？　気が遠くなるほど長いこと我慢したものだ。我慢した甲斐があった。いまだに私を好きだと言ってくれるんだからな。朝帰りでもいいぞ。最初は刺激が強すぎて、気を失うかもしれないからな」

瑠璃子の胸が波打っている。だいぶ恐怖心を抱いている。これなら、今夜でおしまいにできるかもしれない。

ホテルに車をつけても、瑠璃子はすぐに降りようとしなかった。

「その手の客ばかりだ。顔を見られても大丈夫だから心配するな。気に入った部屋が使用中のときは、終わるまで、フロントの横でコーヒーを飲みながら待ってるカップルもいる。カップルだけじゃない。3Pや4Pを楽しむための部屋もあるから、和気藹々《わきあいあい》のグループもいる。みんな堂々としている。普通のラブホテルよりおおらかだ」

怖《お》じ気づいている瑠璃子を、強引に車から引っ張り出し、フロントへ向かった。

ボードの部屋には〈鉄の檻《おり》〉〈解剖室〉〈拷問部屋〉など、おどろおどろしい名前がついている。

「どれが好みだ。空いてない部屋がいいなら待つぞ」

彩継はいつもより小さく見える瑠璃子を可愛いと思った。恐怖に逃げ出したいと思っているだろう。何か言いたそうにしているが、言葉さえ出せないでいる。

「どれも興味があるのか？　何度でも来ればいいんだ。今年中には、全部の部屋をまわれるかもしれない。ここでいいか？」

彩継は返事を聞く前に、すでにボードを押していた。落ちてきたキーを手にした彩継は、慣れた足取りでエレベーターに向かった。

「ここはいや……」

瑠璃子はエレベーターに乗ろうとしない。

「ここまで来て焦らすのか。瑠璃子をくって吊していたぶることを考えると、ムスコがズキズキ痛む。早く悦ばせてくれ」

二の腕を鷲《わし》づかみにして引っ張り込んだ。屠られるだけの仔羊の怯えは嗜虐の血を熱くする。かといって、この関係を続ける気にはならない。

小夜が二十歳になったら、緋蝶のように縄でいましめ、今以上の破廉恥なことをするつもりだ。小夜と緋蝶がいれば、瑠璃子など邪魔なだけだ。たまの遊びぐらいにならつき合ってやってもいいが、妙に愛情を抱かれると困る。一回抱かれるごとに金をくれというぐらいの、ビジネス的な関係ならよかったのだ。そういう意味で、瑠璃子はまじめすぎた。まじめでなければならない関係の女と、そうであってはならない女がいる。瑠璃子は彩継に愛情など持ってはならなかったのだ。

エレベーターを降りると、女の悲鳴が聞こえた。瑠璃子が彩継にしがみついた。

「何をされているんだろうな。あんなに叫びながら、洩らすほど濡れてるはずだ」

「いやあ！」

さらに大きな悲鳴がした。

「警察……警察に連絡しないで大丈夫……？」

瑠璃子は怯えきっている。

「瑠璃子もあんな声を出すかもしれない。大人同士の納得したプレイだ。肌を傷つけるようなことはしていないはずだ」

〈拷問部屋〉に入った瑠璃子は、何度も喉を鳴らした。

天井には滑車がついており、縄がぶら下がっている。壁には形のちがう鞭が並んでいた。犬の首輪のようなものもあった。別の壁にはXの形をした柱が立っており、四隅に枷《かせ》がついている。人を拘束するためのものとわかる。

「これは遊園地のオモチャじゃないぞ」

彩継は背中に角がある木馬を指した。

「三角木馬だ。女が脚をひらいて跨ると、ワレメに食い込むってわけだ。存分に楽しもう。もう濡れてるんじゃないか？　服を脱げ」

彩継は口辺を歪《ゆが》めた。

「怖いこと……しないで」

「さっさと脱げ。破けた服で帰るわけにはいかないだろう？　ここに来ると手荒いことをしたくなる」

彩継は、汗を吸って使い古されたやわらかいローブを手に取った。

瑠璃子が後じさった。

「服の上からくくられてもいいのか。皺になった服で帰るのは恥ずかしいぞ」

「いや。オジサマ、いや」

「私のことが好きなんだろう？　男と女としてつき合いたいなら、私の趣味に合わせてもらう。自分の本性を隠してつき合うのは、もううんざりだ。疲れる。家族には隠し続けるつもりだ。だが、瑠璃子とまでつまらないセックスをするのはごめんだ。我慢しすぎた。そろそろ私好みの女になってもらわないとな。ただの小夜の友達なら、こんなことはしないが、今さら、それは無理だろう？　こういうこともしたいだろう？」

瑠璃子はドアにチラリと目をやった。そして、次の瞬間、逃げ出した。

彩継は素早く動き、瑠璃子のノースリーブのシャツの背中をつかんだ。

「ヒイッ！」

風が吹き抜けるような声にならない悲鳴だった。

「逃がすわけにはいかない。ここまで自分の足で来たんだ。それなりの覚悟はあるだろう？傷はつけないから安心しろ。鞭も上手いぞ。下手な奴が打つと肉が裂けて血が滲むかもしれないが、私は上手い。心地よく打ってやる」

抵抗しようとする瑠璃子を彩継は放さなかった。

「ロープは後だ。まずは磔《はりつけ》にしてみることにした。だが、服が邪魔だ」

形ばかりに置いてあるような、シングルの狭いベッドに押さえつけ、服を剝いでいった。

「いやあ！　いやっ！　いやあ！」

瑠璃子は派手な声を上げ、必死になって抵抗した。しかし、やがて、何もかも剝がされた。

X字の磔台の前まで引っ張っていった。

「抵抗されるほど男は元気になるんだ。きょうの瑠璃子は、これまでの中でいちばん美味そうに見える」

瑠璃子を躰で押さえ込みながら、彩継はまず両手を上げて、磔台の黒い枷に拘束した。次に何をされるかわかり、瑠璃子は足を取られまいと彩継を蹴《け》り上げようとした。

「行儀が悪いぞ。十倍にして返してやるからな」

彩継は片足で瑠璃子の片足を押さえておき、もう一方から磔台に固定していった。

瑠璃子はX字の磔台と同じ恰好になったが、躍起になって逃れようとしている。

彩継は六条鞭を取った。

一本鞭は鞭の先に力が集中して肉を引き裂くこともあり、恐ろしい凶器になるが、六条鞭は先が六本に分かれており、振り下ろした力の六分の一が、それぞれに分散される。プレイのための遊び道具だ。九条鞭になると、先は九本に分かれており、さらに打擲《ちょうちゃく》の力が弱くなる。

しかし、瑠璃子がそれを知るはずもない。鞭の形態を見ただけで怯えきっている。まして、自由をなくした身では、何をされても避けることができないだけ、恐怖も増しているはずだ。

彩継は、床に思い切り鞭を打ちつけた。バシッと派手な音がした。瑠璃子の口から悲鳴が洩れた。

彩継は鞭を瑠璃子に向けて打ち下ろす真似をした。瑠璃子が苦悶の表情をつくって目を閉じた。

彩継は鞭を下げ、固く目を閉じて怯えている瑠璃子に近づくと、鞭の柄で乳首を押した。

「ヒッ！」

総身が強ばった。

「瑠璃子、楽しいか。スリル満点で興奮するだろう？」

目を開けた瑠璃子の皮膚はそそけだっている。彩継は翳りを撫でまわした。

「ここに、いつか私の名前を入れたい。タトゥだ。瑠璃子の名前のように、瑠璃色の玉でも彫ってもらって、それに私の名前を入れるというのもいいかもしれないな。剃った毛はまた生える。オケケが生えれば、せっかくの刺青が隠れてしまう。会うたびに剃ってやろう。痛めつけられるほどに私が好きになるぞ。そうだろう？」

鞭の柄で乳首をキリキリと押さえつけた。

「痛い！　いやっ！」

「これが痛いだと？　針のほうがいいか？」

ピアスの穴を空けるときに使うニードルを出すと、瑠璃子は硬直した躰をよじって身を引いた。

「そのうち、乳首と花びらにピアスをしてもらいたい。私が穴を空ける。これからでもいいぞ。オマメのサヤを切除するのもいいかもしれないな。皮がなくなれば、いつも敏感なオマメが剝き出しのままで、歩くたびに擦れて、始終、感じるぞ。知り合いの医者に手術してもらえばいい。瑠璃子、これからのことを考えるとわくわくする。私の自由にしていいな？」

「いや……しないで……解いて……お願いだから」

「楽しみは今からじゃないか」

彩継は脅すだけ脅した後、鎖《くさり》のついたいくつかの首輪の中から黒いものを選び、いやがる瑠璃子の首につけた。

「犬になったんなら、ワンと吠《ほ》えてみろ」

瑠璃子は磔台から逃れようと、手首と足を常に動かしていた。

「吠えろと言ってるんだ」

瑠璃子はイヤイヤをしながら、泣きそうな顔をした。

「お仕置きしないということを聞けないようだな」

洗濯ばさみで乳首をつまんだ。

「ヒイイイッ！」

「乳首はふたつ。もうひとつほしいか？　その後はクリトリスだ。犬なら吠えろ」

洗濯ばさみを近づけると、瑠璃子はついに犬になって吠えた。

「取って！　痛い！　痛い！」

「オマメは挟まなくていいのか」

「いやあ！　助けて！　誰か助けてっ！」

相当、恐怖に陥っている。

すでに薬は効きすぎかと、彩継はおかしくなった。

乳首を挟んでいた洗濯ばさみを外し、六条鞭を太腿に軽く振り下ろした。

「あうっ！」

痛みなどなかったはずだ。しかし、恐怖心からか、瑠璃子は小水を洩らしていた。

「汚したな。拭いてもらうぞ」

早々にX台から解いてやった彩継は、首輪の鎖を持ち、バスタオルを足下に放った。

「犬だということを忘れたか。犬らしく四つん這いになって、自分の汚したものはきれいに拭け。オシッコを舐めてもいいぞ。さっさとしろ。また鞭がほしいか」

瑠璃子は慌てて膝を折り、アンモニアの匂いのする小水を拭いていった。

そんな瑠璃子を、彩継はホテルに常備されているポラロイドで撮った。

ストロボの光に、瑠璃子がハッと顔を上げた。

「ワンちゃんになった記念だ。後で天井から吊した姿も撮ってやる。さっさと拭け。洩らすほど気持ちがよかったのなら、逆さに天井から吊されたら、後ろから汚いものをひり出すかもしれんな。その前に、たっぷり浣腸してやる。お利口でいられたら、最後にケツが裂けるほど、ムスコをぶち込んでやるからな」

六条鞭をちらつかせながら、彩継は徹底的に瑠璃子を恐怖の底へと突き落としていった。

2

ラブホテルは、入りやすくて出やすいところがいい。小夜は瑛介に隠れるようにして、前回と同じホテルに入った。

「俺の最後の夏休みも、もうじき終わる。来年の今ごろは社会人だな」

瑛介は、就職が内定しそうになっている。

三年前、三人の男に絡まれた小夜を庇《かば》って腕を刺されたとき、外資系の会社に勤める男ふたりに救われたことがあった。

瑛介はその会社の面接で、偶然、そのときの年輩の男に再会した。正義感を買われたと言っては、今どき滑稽かもしれないが、男に好感を持たれたのはわかった。

「夜しか会えなくなるのかしら……今はお養父さま、わりに自由にさせてくれるようになったけど」

「少しずつ小父さんを変えないとだめだぞ。週にいちどが無理でも、月にいちどは外泊するようにして慣れさせせろよ」

「そうね……」

「助教授との旅行、楽しかったか？」

貴子の別荘に忍び込んでクロゼットに隠れていた瑛介は、何度も飛び出そうと思った。しかし、ついに隠れたままだった。そして、ふたりがシャワーを浴びるために部屋を出たとき、テラスから外に出た。

クラクラする頭を冷やすために、一キロほど湯河原寄りの不動の滝に行き、落差十五メートルほどの滝の飛沫を眺めていた。

なぜ、ふたりの前に出ていかなかったのかという思いや、なぜ小夜があんな女に自由にされ、声を上げるのだろうと思ったり、怒りながらも興奮していた自分を思い出したりしていた。

どうやって車を運転して戻ってきたかも覚えていなかった。四六時中、小夜の妖しい姿態ばかりが浮かんでいた。

寝ていないこともあり、夜になって椿屋敷を訪ねたものの、朦朧《もうろう》として麻雀どころではなかった。麻雀は取りやめになり、呑み会になった。だが、瑛介はすぐに彩継達の横で眠ってしまった。

気がつくと部屋は静かになっていて、瑛介には肌布団がかかっていた。須賀井達は帰ったのだとわかった。

彩継にとっては、瑛介が小夜と離れているところにいさえすれば、それでよかったのだ。麻雀はただの口実だと、最初からわかっていた。

静かすぎる屋敷で耳を澄ませていると、彩継と緋蝶が睦《むつ》み合っているような気がして、瑛介はこっそりと工房に向かった。だが、鍵がかかっていて開けることはできなかった……。

「小夜、俺、したいことがあるんだ」

「なあに？」

服を脱いだ小夜の裸体が眩《まぶ》しい。瑛介は毎回、小夜の美しさに目を見張る。見るたびに輝いていくような気がする。気のせいではなく、現実に、日々、美しくなっているのかもしれない。

「刺激的なことさ。小夜を見てると、うんと刺激的なことがしたくなる」

小夜が幼女のような目をして首をかしげた。

「小夜をくくりたい」

瑛介は昂ぶりながら言うと、隠しておいた腰紐を突き出した。

小夜がたじろいだ。

「いつもとちがうことを……やってみたい」

「いや……」

小夜は恐ろしいものを見るような目を向けた。

「遊びだ。いつもとちがうことをやって楽しむのもいいだろう?」

「だめ……いや」

別荘での女同士の時間を知らなかったら、瑛介は腰紐を放り投げたかもしれない。小夜にはそんなことをしてはいけないのだと、自分を恥じさえしたかもしれない。だが、今はちがう。

あの日、小夜は貴子を拒むようにしていながら、結局は法悦に身をゆだね、総身で悦びを表していた。そして、旅行はどうだったかと訊いた瑛介に、貴子との破廉恥な時間など微塵も匂わせず、それ以前の小夜と同じ態度をとった。

瑛介は混乱した。今も混乱しているのかもしれない。しかし、あれから毎日、小夜のことを考えた。小夜は今まで瑛介が接していた小夜と同じ、純粋で気持ちのやさしい女だ。しかし、それとは別の、もうひとつの顔も持っているということを認めざるを得ない。

誰よりも純な雰囲気を漂わせ、誰よりも美しく上品な躰をしているが、最強の悪魔さえ適《かな》わないほどの誘惑の力を宿しているということだ。

それに気づいたとき、自分だけの小夜だと信じていたが、もしかすると、そうではなかったのかもしれないと、愕然《がくぜん》とするような思いが脳裏をよぎっていった。それを否定し、否定しては、やはり肯定せざるを得なくなり、また否定する。目覚めたときから眠りにつくまで、瑛介はそうやって、小夜のことばかり考えていた。

「小夜、手だけくくらせてくれ。考えただけで、見ろよ、ムスコがビンビンだ」

瑛介の亀頭に、多量の透明液が滲んでいた。

「そんなこと、しないで……いや」

小夜は後じさった。

「楽しむためだ。俺と小夜の仲じゃないか。いいだろう？」

「そんなの、いや」

小夜はアブノーマルなことなどしたこともないという顔をしている。怖いものを見ているような表情だ。

「小父さんと小母さんがしていること、何度も見てるんだろう？　小父さんは、あんなにやさしい小母さんを、紅い縄で破廉恥にくくって、口にできないほどいやらしいことをしていたよな」

「言わないで！」

「俺はあのときショックだった。小父さんがあんなことを小母さんにしているなんて」

「いやいやいや！」

あれきり口にしなかったことを、瑛介は小夜の困惑に興奮しながら語った。

「あんなものをいつも覗いてるんじゃ、こんなこと、なんてことはないだろう？　俺達もしてみよう」

「だめ！」

「手だけだ」

瑛介は、どんな紐を使おうかと、さんざん考え、家捜しし、ガムテープはふさわしくない、荷造り用の紐は肌を傷つけるなどと、次々と排除していき、愛子の箪笥から、着物を着るとき使う腰紐を見つけだし、気に入った。絹の帯揚げもいいかと思ったが、腰紐を二重か三重にして使う方がくくりやすいと結論づけた。

「小夜」

「いや。そんなことをしたら、瑛介さんのこと、嫌いになるから……しないで」

貴子に拘束されていたぶられる小夜を知らなければ、嫌われたくないと、瑛介は諦めただろう。目の前の泣きそうな小夜を見ていると、本気で拒もうとしているように見える。

瑛介は小夜とのやりとりをやめ、さっと腕を引っ張った。

「いやっ！」

小夜が、とうてい芝居とは思えない悲鳴を上げた。

瑛介は抗う小夜の両手を後ろ手にし、手首に腰紐を三回巻いて、さらに外れないようにと、左右の手首の間にも紐をまわして結んだ。

「いやっ。解いて。瑛介さん、いや」

瑛介は小夜の哀願に耳を傾けようとは思わなかった。むしろ、獣の血が湧き上がってきた。なぜ、もっと早く、こうしなかったのだろうとさえ思った。剛直の先から、透明液がしたたるほど溢れている。

瑛介は小夜をベッドに押し倒した。小夜は肩先をくねらせて起きあがろうとした。だが、躰の下になった両手は自由にならず、思うように動けないでいる。

瑛介は小夜の太腿を、いつもより破廉恥に大きく割った。

「いやあ！」

叫びとは裏腹に、桃色の光を放つ女の器官は蜜にまぶされ、涎《よだれ》を垂らしているように見える。

いつもとちがう行為を全身で拒絶しているようでいながら、実際には小夜は感じていた……。

瑛介はそれを確かめると、ここ数日考えていたとおりだったのだと思った。小夜の中にはふたりの女が棲んでいる。

聖女と妖女……。

とてつもなく純粋でいて、とてつもなく誘惑的で、男だけでなく同性さえも惑わしていく……。

小夜に会った瞬間から虜になった。小夜の魔力に取り憑《つ》かれた。いったい何人の男や女が、この魔力に取り憑かれているのか。

養父となった彩継の尋常ではない態度も、小夜が誰ともちがう妖女だとわかれば、腹が立つより納得してしまう。血が繋がっていないだけ、同じ屋根の下に住んでいて、心が騒がないはずがない。

「小夜、どうしていやだと言うんだ。いつもより濡れてるぞ。ラブジュースがどんどん出てきて、アヌスのほうまで流れていく。くくられると感じるのか。小父さんと小母さんのいやらしすぎるセックスを覗いているうちに、小夜もこんなことが好きになったのか」

「いや。解いて。いや！」

小夜は、まだ拒絶の言葉を吐きながら腰を動かしている。

瑛介は膝の裏の膕に手を当てて、脚が胸につくほど掬い上げた。そして、左右に割った。

後ろの硬いすぼまりまでが上を向き、ひらきはじめたばかりの淡い花びらのような女の器官も、肉のマンジュウがぱっくりと口をあけたことで、粘膜まで破廉恥に晒け出している。

脚を閉じようともがいている小夜を、瑛介は両手の力で封じ込め、じっと女園を見つめていた。

透明液がどんどん溢れてくる。女園全体がぬめぬめと輝いている。誰よりも美しい器官を持っていながら、その薄桃色の器官の誘惑は強い。宇宙に存在するブラックホールが、とてつもない引力をもって、小宇宙を吸い込んでいくように、小夜の器官も恐るべき引力で人を魅了する。女の器官だけでなく、全身から醸し出されているオーラが人を誘惑する。

鼻から荒々しい息をこぼしていた瑛介は、誘惑の器官を見つめていたが、乱暴に小夜をひっくり返した。

背中にまわっている手首がひとつになっていましめられている姿を見ると、よけいに獣欲が満ちてくる。

ベッドから小夜の下半身だけ引きずり下ろした。上半身だけベッドに預けさせ、臀部を割りひらいた。

後ろのすぼまりだけでなく、その下の女の器官も丸見えだ。背後から見る器官は、なぜ、こうも猥褻《わいせつ》極まりないのか。美しいだけ、なおさら卑猥で、オスの欲望をそそる。

「いや。いや」

相変わらず小夜は拒絶の言葉を吐きながら尻を振って、瑛介の視線から逃れようとしている。しかし、透明な蜜液が器官を覆っている。乾くことがない蜜液は、羞恥に身悶える小夜とはちがう、もうひとりの小夜のものだ。

瑛介は疼いている肉茎を、ぬめりに満ちた女壺に押し込んだ。

「くううっ」

小夜の背中が反り返った。

「美味いか。小夜、欲しかったんだろう？　こいつが欲しくて濡れてたんだろう？　いつもより感じてるんだろう？　こたえろよ」

奥まで押し込んだ剛棒を引き出し、また深く押し込んだ。くぐもった声を出した小夜が、肉茎の側面を、グイッと肉ヒダで握りしめた。瑛介も短い声を上げた。

抽送していると、すぐに達しそうになった。小夜の女壺は心地よすぎる。何人もの女を知っている瑛介は、これこそ名器だと、小夜との営みで確信した。

肉ヒダの柔らかさと肉茎を溶かしそうな体温、肉茎を締めつけてくるじんわりとした圧力。その圧力はじわじわと肉根を締めつけてきて、じっとしていても精をこぼしそうになる。小夜の魔力が中心に集中し、男の命を吸い取っていくようだ。

肉茎を押し込むと小夜が短い声を上げる。だが、瑛介が腰を引こうとすると、女壺の中が真空になり、逆に子宮壺へと吸い込まれそうになる。

後ろ手にくくられて犯されているような小夜。だが、女の部分は瑛介を食い尽くそうとしている。

(俺は知っているんだ。俺は見たんだ。可愛い顔をしていながら、あの女に破廉恥なことをされて、何度も気をやっていたのを。いやがっているような振りをしながら、結局、声を上げて悦んでいたんだ。そして、そんなことがあったことを素振りにも見せずに……)

瑛介は、今にも剛直がはじけそうになるのを、歯を食いしばって耐えた。

「いけよ！　小夜、感じてるんだろう？　もっとか！」

「ヒッ！　あうっ！」

穿《うが》たれるたびに、小夜が揺れる。

「小夜っ！　いけっ！」

「ヒッ！　解いてっ。いやっ。あうっ！」

瑛介は肉茎を抜いた。

小夜を起こし、跪かせた格好で、その前に立った。

「しゃぶれ。小夜のジュースがたっぷりついてるぞ。美味いはずだ。舐めろ！」

小夜は口を閉じ、小鼻をふくらませて息をしている。閉じた唇のあわいに、強引に亀頭を押しつけた。

「口でしろ。できないのか？　しろよ」

小夜の頭を引きつけ、腰を押しつけた。硬い歯が亀頭に当たった。

「しゃぶれ！」

ようやく小夜が口をひらき、肉茎を咥え込んだ。柔らかく生あたたかい舌が、ねっとりと側面を舐めまわした。裏筋やカリを蛇のように這いまわった。

いつから小夜は、こんなにも口戯がうまくなったのだろう。瑛介もフェラチオを教えてきた。だが、いつしか教えた以上のことをやっている。他の女が瑛介にしてきたことと同じことでありながら、小夜の口戯はアヌスをぞくりとさせ、総身の血液を沸騰させる。

後ろ手に拘束された奴隷の姿で奉仕している姿を見下ろしていると、気をやるより先に、細い首を両手で絞めつけて殺したくなる。

（おまえは俺だけのものだ。どうしてあんな女に、このきれいな躰を自由にさせたんだ。いつか父親にさえ……俺を嫌っているあの小父さんにさえ、自由にさせるんじゃないだろうな……）

声に出して言いたいことを喉元で呑み込んだ。

「立てよ」

瑛介は腰を引いて、小夜の二の腕を引っ張り上げた。

「やさしくされるより、乱暴にされる方が感じるんじゃないか？　また濡れてるんだろう？」

小夜の太腿のあわいに手を突っ込んだ。汗かぬめりかわからない、ねっとりした体温と湿りが指先にまとわりついた。

「やさしくして……」

今にも泣きそうな小夜にそそられた。哀れと思うより、凶暴な気持ちに駆り立てられる。それでも、愛しくてならない。だからこそ、殺したくなる。少しでも油断すれば、首を絞めてしまうかもしれない。

壁際に押しつけ、唇を塞いだ。乱暴に唾液を絡め取って呑み込んだ。小夜の舌も動きはじめた。いつもより激しく動いて絡みついてくる。

鼻からこぼれる熱い息が互いの顔を濡らした。

瑛介は唾液を奪いながら、肉茎を小夜の秘壺に押し込んだ。

顔を離して小夜を見つめた。汗の滲んだ顔がほんのりと染まっている。弱々しい目でいながら、その奥には、瑛介に絡みつく魔物が潜んでいる。肉のヒダが蠢《うごめ》いて、精を搾り取ろうとしている。

「小夜、俺が好きか」

小夜がそれとわかるほど小さく頷いた。

「俺だけが好きか？」

またこくりと頷いた。

瑛介は立ったまま腰を打ちつけた。

小夜の口から呻《うめ》きが洩れた。悩ましい顔で瑛介を見つめながら、穿たれるたびに揺れた。

長い時間の抜き差しは無理だ。やがて瑛介は熱い精を解き放った。

「解いて……」

「だめだ」

額とこめかみに黒髪をこびりつかせた小夜が、小さな声で言った。

「お手洗い……だから……解いて」

小夜が言いにくそうに、小さな声で言った。

「トイレか。ここで洩らすと困るもんな。行くぞ」

瑛介は小夜の肩先を押した。

「解いて……」

「ダメだと言っただろう？」

小夜が焦りの色を見せた。

「小夜のアソコを何度も見て、舐めてやった。それなのに、今さら、隠すものなんかないだろう？」

「いや」

「だったら、ここで洩らせよ。拭けばいいんだ。ベッドの上がいいか？」

いましめを解こうと肩をくねらせる小夜を、瑛介は動じずに眺めた。

「我慢するほど勢いよく出るんだぞ」

瑛介は小夜の焦りを楽しんだ。

羞恥に身悶える純な小夜のようでいて、実は、小夜の中に、もうひとりの魔性の女も棲んでいるのを知ってしまうと、彩継が緋蝶に対して行っていた蔵の映像が甦ってきて、小夜には彩継がしていたような、あの破廉恥な行為が似合うのではないか、そういうことで歓喜の声をあげるのではないかと思えてくる。

「瑛介さん、解いて」

「だめだ。あんまり帰りが遅くなると、小父さんが何ていうかな。するまで帰さないからな」

小夜の恨めしそうな、哀しそうな顔を見ていると、精を放ったばかりというのに興奮してくる。押し倒したくなる。

「ねえ……ねえ」

我慢して無視していると、小夜は腰をもじつかせるようになった。

「これを全部飲んだら解いてやる」

瑛介はスポーツドリンクを冷蔵庫から出し、まずは自分で少しだけ飲んだ。

「運動した後は水分をとらないとな」

口移しで飲ませていった。呑み込むたびに、コクッと愛らしい音がする。

「もういらない」

「全部飲むんだ」

口移しで飲ませたので、空になるまで時間がかかった。

ますます小夜が落ち着きをなくした。

「飲んだから行かせて」

「だめだな」

小夜は瑛介の企《たくら》みを知って、泣きそうな顔をした。

「嘘つき。嘘つき」

「さっさとトイレに行かないからだろ。行くか？」

「いや」

「そうか、だったら、もうトイレじゃさせないからな。風呂でだったらさせてやる」

瑛介の肉根がひくつきはじめた。小夜の被虐の顔は男を獣にする。そして、女の貴子をも魅惑した。

「ねえ、ねえ、ねえ……ねえ」

小夜は泣きそうな顔をして瑛介を見つめた。

「カーペットが台無しになるな。拭いてもアンモニアの匂いがするだろうしな。出るとき、罰金でも取られるかな。ギリギリの金しかないから払えないぞ。親に持って来させろと言われたらどうする？」

そんなことはないとわかっていて脅した。

小夜はついに我慢できなくなったのか、トイレに向かおうとした。瑛介はトイレの前で阻み、浴室を指さした。

「嫌い！」

小夜はそう言って、浴室に駆け込んだ。

「見ないで！　出てって！　いやっ！　あ……」

後ろ手にいましめられている小夜は、立ったまま聖水を噴きこぼした。

3

瑠璃子はＳＭプレイに懲りたようで、彩継との間に一線を引くことにしたのか、あれから、屋敷にやってこない。

初歩的なプレイで恐怖に陥っていたので、あまり手荒なことはしなかったつもりだが、瑠璃子にとってはハードすぎたようだ。

小夜は瑠璃子と学部がちがうだけに、高校生のころほど頻繁に行き来しておらず、不自然に思っているようすはない。

瑠璃子のかわりに、貴子は時たまやってくる。奥湯河原に行ってから、いっそう小夜に親近感を持ったようだとわかる。貴子は緋蝶とも楽しくやっている。

「自分から泊めてくださいなんて、本当に図々しいですね。でも、機会があればと思っていたんです。高級ホテルなんかより和風のお屋敷のほうがくつろげそうです。奥様に負担がかからないように、お手伝いはさせていただきます」

「そんなこと、気になさらないで。小夜ちゃんを奥湯河原の別荘にも招待していただいたんですし」

　彩継は緋蝶と貴子のやりとりを聞きながら、貴子はどんな男が好みなのだろうと思った。恋人のいないらしい理知的な美形の女を強いて抱くつもりはないが、財産もある須賀井にも、まったく興味を示さないだけに、今まで独身を続けているのは、単に裕福な男を求めているのではないようだ。

「先生、どこかお気に入りのお部屋でもございますか？　そこに床を延べさせていただきますわ。どこでもよろしいなら、客間に使っているお部屋にしますけど」

「申し訳ございませんね。どこでもかまいませんけど、小夜さんと話が弾みそうですから、小夜さんのお部屋の近くがいいかしら」

「じゃあ、小夜ちゃん、先生の横にお布団を敷いて、いっしょに休んだら？」

「そうですね。遠足みたいで楽しそう」

　緋蝶と貴子の話が弾んでいる。

「お養母さま、せっかくだから、ひとりでゆっくり休んでいただくほうがいいわ。お話はどこでもできるし」

　小夜はさらりと言ってのけた。

「そうね、ゆっくり休んでいただかないとね。先生、朝はいつまででも休んでいてくださってかまいませんからね」

緋蝶のひとことで、貴子は客間でひとりで休むことになった。

だが、風呂にも入り、彩継と緋蝶が自室に入るとき、貴子は、もう少し話がしたいと、小夜の部屋に入った。

「先生、私、今夜は眠くなってしまったわ。もう休みたいの。お話の続きは明日でいい？」

小夜は欠伸《あくび》をしそうになり、口許を押さえた。

「案外、意地悪なのね。いっしょの部屋で休みたかったのに、ひとりで休んだほうがいいって、お養母さまに言うなんて」

貴子は小夜を抱きしめた。

「お養父さま達に知られたらいや」

「すぐにお休みになるわ。何を知られるというの？　それに、女ふたりだもの。心配なんてなさらないわ」

貴子は躰を離して、ドアの鍵を閉めた。

「ねえ、どうしていっしょに休むと言わなかったの？　意識しすぎたから？　意地悪からじゃないわよね？　どうして外で会ってくれないの？　ここに来ても、先生かお養母さまがいらっしゃるから、ふたりきりになれないし、私が電話でお養母さまに、泊まりたいって言わなかったら、今ごろは何もないまま、おいとましなくちゃならなかったわね」

貴子は小夜の唇を塞いだ。

くぐもった声を洩らした小夜は、いつしかベッドに押し倒されていた。

小夜は起きあがろうともがいた。彩継がいつやってくるかと不安だ。ドアの鍵などないに等しい。貴子が泊まっている以上、そして、この部屋に入ったのを知っている以上、忍んでくるはずはないが、夫婦の寝室が近いだけに、気が気でなかった。

「騒ぐと怪しまれるわ」

貴子は小夜の頬に口づけながら、耳元で囁いた。

「好きよ。可愛い私の天使。きれいな躰を見せて」

ネグリジェがまくり上げられていった。


寝室に入った彩継は、緋蝶の秘園に指を伸ばした。

「聞こえるわ……だめよ……あなた」

貴子が泊まっているとなると、夫婦の営みに集中できるはずがない。

貴子の床が延べてある客間と小夜の部屋の間に、夫婦の部屋がある。貴子が小夜の部屋で話しているということは、やがて夫婦の寝室の前を通って、客間に戻るということだ。いつ廊下を通るかわからない。

「おまえのイクときの声が聞きたい。指でするだけだ」

「いや」

「人がいると興奮するじゃないか。小夜が来てから、おまえの躰はいちだんと敏感になったからな。今夜は先生もいるんだ。オマメに触っただけで、すぐにイクかもしれないな」

寝間着の裾を割って入り込んだ指が柔肉のあわいに入り込もうとするのを、緋蝶は手で拒んだ。

「おまえが必死に私を避けようとするなら、指だけでは済まさないぞ。拒まれれば拒まれるほど熱くなる私を知っていて、わざと邪魔しているのか。そうなのか？　こってりと抱かれたいというわけか」

「そんな……もうじき先生がこの前を通って行かれるわ。だから」

「だからどうした。夫婦がこんなことをするのは当たり前のことだ。三十過ぎた女が動揺することはあるまい。たとえ好奇心を持って聞き耳を立てたとしてもな。刺激になって、結婚を考えるようになるかもしれない。それもいい」

彩継は緋蝶の両手首をひとつにして左手で握り、右手を太腿の付け根に持っていった。

「だめ……」

緋蝶は押し殺した声で言うと、膝を固く閉じた。

「よし、くくるぞ。とびっきり破廉恥にな。猿轡《さるぐつわ》はしないから、大きな声が出るぞ」

手を離された緋蝶は、彩継が縄を取るために床から出ようとするのを、慌てて止めた。

「くくらないで」

「もう遅い」

「お願い。ね、お願い。オユビでなさってていいから」

「して下さいだろう？　もう濡れてるはずだ。脚をひらけ」

緋蝶は胸を波打たせながら膝を離した。

「裂けるほどひらけ。もっとだ」

邪魔になる裾を、彩継がさらに捲り上げた。寝間着は博多織の伊達締めで整えている。下穿きはつけていない。彩継との間での、長年の約束事だ。

彩継は緋蝶の尻の下にクッションを押し込んだ。

「膝を立てて、もっとひらいてみろ。よし、自分の手で肉マンジュウも大きくひらけ」

Mの字に大きくひらいた脚の間に両手を入れ、緋蝶は言われるまま、ほっくらした肉のマンジュウを左右に割った。

秘口から、とろりと銀色の蜜が垂れている。

「これは何だ。えっ？」

彩継は指で蜜を掬って緋蝶の目の前に突き出した。緋蝶は、女の器官をくつろげていた手を離して顔を背けた。

「勝手に動くな。肉マンジュウを大きくひらけと言ったはずだ。いいと言うまで手を離すな。今度離したら、くくる。そして、廊下を歩いてもらう。スリルがあっていいだろう？　先生に出くわすと面白いぞ。本気だ」

緋蝶は荒い息を吐きながら、ふたたび柔肉をくつろげた。

すでに潤っている秘口に、彩継は人差し指を押し込んでいった。熱く滾った肉のヒダが蠢いている。根元まで押し込み、ゆっくりと引き出した。また押し込んだ。

「んん……」

緋蝶は声を出すまいとしている。それでも、緩慢な指の動きが、かえって激しい動きより切ない疼きをもたらすため、思わず喘ぎを洩らしてしまう。

「おまえのここは熱い。いつもとろとろだ。だめだのいやだのと言いながら、いつもこんなに発情してるんだ。気持ちがいいか。しっかりとひらいていないと、くくるぞ。そして、廊下を歩かせる。小夜にも見られるかもしれないぞ。おう、花びらもふくらんできたじゃないか。尻までジュースをしたたらせているこんな姿を、先生に見せたいものだ」

彩継は指がふやけるのもかまわず、間延びした動きで指を出し入れした。蜜が小水のように会陰から後ろのすぼまりへとしたたっていく。

肉のマンジュウをくつろげている緋蝶の手が震え、足指を擦り合わせる音がした。

下半身だけ寝間着を捲り上げた緋蝶の破廉恥な姿と悩ましい表情は、いつ見ても扇情的だ。

だが、彩継は、緋蝶と楽しむために責めているのではなかった。絶頂を極めれば緋蝶は疲れて眠ってしまう。それだけが目的だ。だから、長い時間をかけるつもりはない。

彩継は指を女壺の奥まで押し込み、秘園に顔を埋めて肉のマメを吸い上げた。

「くっ……」

喘ぎとともに肉ヒダが締まり、指がキュッと締めつけられた。

もう指は動かさなかった。根元まで沈めたまま、肉のマメを唇で撫で、舌先でこねまわし、また軽く吸い上げた。

緋蝶の内腿が震えだした。肉のマンジュウをくつろげている両手も震えている。彩継は舌を肉のマメに押しつけ、上下左右にこねまわした。

「んんっ！」

気をやった緋蝶が、激しく総身を震わせた。女壺に沈んでいる指の根元が食い締められた。

彩継は指を出し、両手で緋蝶が逃げないように太腿を押し上げておき、女の器官全体をべっとりと舐め上げた。

「くうっ！」

新たな波が緋蝶を襲った。

彩継は肉のマメを唇でこねまわした。

「んん！　くっ！　ぐっ！」

貴子達を意識して声を上げまいとしているのかもしれないが、次々と襲ってくる法悦の波に、緋蝶は肉のマンジュウから手を離し、何かにつかまろうとでもするようにもがいている。

こんなときでも貴子達を意識しているのか、緋蝶は大きな声を上げるのを危惧し、肌布団を取って咥えた。

「うぐぐ」

汗まみれの緋蝶は、熱いフライパンにでも載っているように、何度もシーツから腰を浮き上がらせて跳ねた。

彩継は緋蝶が跳ねるたびに顔を打たれたが、太腿を放さず、とことん舐めまわした。

顔を離すと同時に、太腿も放した。

肉のマメを包んでいる包皮と花びらがぽってりと充血し、鮮やかな色に変化している。美しくも卑猥な肉の花だ。

緋蝶の心臓はドクドクと鳴っている。動かない。彩継が脇に移っても、ひらいたままの脚がそのままだ。

彩継は緋蝶の脚を閉じもせず、寝間着の裾もそのままに、肌布団をかけた。
二、三分もすると、緋蝶は法悦の怠さに、深い眠りの底に沈んだのがわかった。
彩継はそっと廊下に出た。

小夜の部屋の前に立っても、話し声はしない。

慎重にノブをまわしてみた。鍵がかかっているのがわかると、その不自然さに、覗き穴のある隣接した和室に入り、小さなクロゼットの板を外し、覗き穴に目を押しつけた。

貴子も小夜も全裸だ。

彩継は喉を鳴らした。

きょうになって、小夜に対する貴子の視線に、奇妙なものを感じてしまった。ねばついた視線が小夜を舐めたような気がした。ほんの一瞬だったが、彩継はやけに気になった。だから、ようすを探ろうと思った。

たった今、彩継が緋蝶にしていたのとそっくりな行為が、覗き穴の向こうに広がっている。

小夜が緋蝶で、貴子は彩継だ。小夜は声を出すまいとするように、タオルを口に咥えている。貴子は太腿のあわいに顔を埋め、可憐な肉の花を口で愛でている。

小夜は自由を束縛されてはいない。だが、逃げようとする気配はない。今夜が初めてではないことは聞くまでもない。

　奥湯河原の別荘に二泊したとき、こんなことをやっていたのだ。いつからなのか。彩継は貴子が女だということで油断していたことに舌打ちした。

　夏休み中の瑛介が別荘を訪ねたりしないだろうか。長い夜の間に、貴子の目を盗み、小夜と会ったりしないだろうか……。

　そんな危惧から、小夜の旅行中、瑛介を麻雀に誘って、長い夜を過ごしたが、何と間の抜けたことをしたものかと、彩継は自分の愚かさに舌打ちした。

　たとえ女でも、彩継の目を盗んで小夜を自由にする者は許せない。高校生の瑠璃子が興味半分に小夜を触っていたのとはちがう。貴子は男に興味がない女だったのだ。そして、助教授と学生という繋がりを利用して屋敷に入り込み、彩継の宝を勝手に玩んでいるのだ。

　貴子をどうしてやろうと、彩継は拳を握った。小夜は小夜で、彩継を騙し、よりによって、この屋敷で他人の愛撫を受けている。声を殺し、快感を享受しているのが許せない。

　彩継は覗き穴を閉じると、キッチンに向かった。冷蔵庫からアイスコーヒーを出し、トレイに載せた。

　急いで小夜の部屋の前に行き、ドアをノックした。何も返ってこない。

　ふたりがどんなに慌てふためいているかを想像して、意地悪い自分の行為にほくそ笑んだ。

　またノックした。返事はない。汗を噴きこぼしながら服を着ているだろうか。

「アイスコーヒー、いかがですか？　おしゃべりすると喉が渇くかと思って持ってきました。喉が渇いて起きたので、ついでに持ってきましたが、迷惑でしたか？」

「ちょっと待ってください」

　貴子の声がした。

　彩継は唇をゆるめた。

　長く待たされたような、ほんのひとときだったような、トレイを持って立っている間、彩継には時間の感覚がなかった。

　小夜がドアをあけた。ネグリジェを着ている。背後に目をやると、貴子はきちんと風呂上がりのパジャマを着ていた。

「眠っていたの……先生とお話ししていて、いつのまにか」

「どうしたんでしょうね……何だか私も眠くなってしまって、いつのまにか眠ってしまっていたようなんです」

「それは悪いことをしました。起こしてしまったんですか。でも、布団に入って寝ないと、夏風邪をひいてしまうかもしれませんよ。コーヒーはどうします？　飲まないほうがいいでしょうね」

「いえ、いただきます」

「小夜はどうする？」

「いただきます……」

「せっかく寝ていたのに、眠れなくなるかもしれないぞ」

小夜の顔は火照っている。だが、貴子は何ごともなかったような顔をしている。慌てたはずだが、想像していた以上に度胸があるようだ。

とんだ女だと、彩継は貴子が屋敷に出入りするようになってからのことを振り返った。あくまでも教師と教え子の関係としか思えなかった。小夜が卒業してからは大学で仕事を手伝ってもらいたいなどと言い、緋蝶はすっかりその気になっていた。彩継も少しの間ならかまわないと思った。しかし、貴子が小夜に求めているものが労働ではなく肉体関係とわかった以上、断るしかない。

「ずいぶん疲れているようですが、どうしたんでしょうね。連れ合いも、横になると、すぐに眠ってしまいました。逆に私が目が冴えてきて、喉も渇いてしまって。喉が渇くようなものを夕食で食べたつもりはないのに」

「グラスは洗っておきます。お心遣い、ありがとうございました。お休みになって下さい」

貴子がにこやかな顔を向けた。

「先生も休んでください。どこで、うたた寝してらっしゃったのか知りませんが、腰でも痛めると大変ですよ。さあ、床の延べてある部屋へどうぞ。小夜が飲み終わったらグラスは私が持っていきますから。じゃあ、ゆっくりとお休み下さい」

彩継は親切ごかしの言葉を出して、貴子を追い出した。

小夜はコーヒーを飲み終えると、

「私が洗ってくるわ」

空になったグラスをトレイに載せた。

「いや、いい」

彩継は廊下に顔を出して、貴子が客間に向かっているのを確かめると、ドアを閉めて鍵をかけた。

小夜の戸惑いがはっきりと見て取れた。

「あそこを見せてごらん」

小夜の喉がゴクッと大きな音を立てた。今まで聞いたことがないほど大きな音だった。

「先生が……きょうはだめ……」

小夜はトレイを持ち上げようとした。彩継がその手を止めた。

「何も知らないと思っているのか。私は何でも知っている。奥湯河原の別荘で先生と何をしていたかも」

小夜の目が驚きに見ひらかれ、呼吸が乱れた。

「さあ、あそこを見せるんだ。どうせ、ふたりで私に言えないようなことをしていたんだろう？　おまえの花びらもオマメも、破廉恥に太っているはずだ」

「そんな……そんなこと……」

小夜の胸が激しく波打っている。

「だったら見せてもらおう。押さえつけてでも見るぞ。暴れたら、緋蝶も起きてくるかもしれない」

小夜はイヤイヤと首を振った。

「じゃあ、よからぬことをしていたと認めるんだな？」

また小夜は首を振った。

彩継は小夜をベッドに押し倒した。

「あう！」

小夜は貴子や緋蝶を気にして、抑えた声を洩らした。

彩継は力ずくでネグリジェを捲り上げ、ショーツを引きずり下ろして抜き取った。

「いや！」

小夜は膝を閉じようとした。だが、彩継の力にはかなわなかった。太腿を押し上げられたとき、小夜は力を抜いた。しかし、弾んだ息は収まらなかった。

「花びらが芋虫のようになってるぞ。どんなふうにいじられた。うん？　舐めまわされたか？　女同士はどうやって楽しむんだ。私が可愛がってやっているのに、それでは足りないのか。男より女がいいか。おまえのことで知らないことはないんだ」

小夜は、なぜ彩継が貴子とのことを知っているのか動揺していた。貴子と別荘に行ったとき、彩継は屋敷にいた。今夜は二度目だ。

何でも知っている、知らないことはないと言われて信じてしまいそうになったが、それなら、須賀井や瑛介との関係を黙っているはずがない。彼らとのことは知らないから口にしないのだ。それなら、貴子とのことは、ただの彩継の妄想に過ぎず、はったりをきかせただけではないのか……。

小夜はそう思った。

「お養父さま……そんなふうに、お話を作らないで……お話の途中で先生は、うつらうつらと眠ってしまったけど、私は起きてたわ。そして、こっそりとオユビで……オユビで遊んでいたから……」

恥ずかしい格好にされたまま、小夜はそう言った。

「気をやったか」

小夜は首を横に振った。

「そうか、それなら続きをしろ。しっかりと私に気をやるところを見せろ」

彩継は太腿を押し上げたまま、小夜を冷徹に見下ろした。

花びらの脇に指を置いた小夜は、大きく息を吸って吐き出した。それから、しなやかな指を動かした。

彩継に太腿を押し上げられたまま指を動かす屈辱。けれど、恥ずかしいだけ、躰の奥がとろとろと溶けていくような気がする。

彩継の嫉妬に、今、なぜか心地よさまで感じる。ドアをノックされたときの戸惑いが消え、いつしか快感に変わっている。

幾度となく彩継に恥ずかしいことをされてきた。彩継から受ける屈辱が、今は確かな快感になっている。

(見て。見て。見て……)

小夜は眉間に皺を寄せ、自らを慰める恥ずかしい行為をしながら、彩継が昂ぶっていることに対する快感も覚えていた。

誰もが認める偉大な生き人形作家の彩継が、小夜だけに関心を持っている。妻の緋蝶を愛しているのもわかるが、小夜にも特別の感情を抱いている。緋蝶への後ろめたさはあるが、誇らしい気もする。いつからそんな気持ちを抱くようになったのか、どうしても思い出せない。

（見て。お養父さま、見て。私が恥ずかしいことをするのを見たいのね……ほら、こんなに恥ずかしいことをしてるわ。お養父さまにあそこを大きくくつろげられて……）

小夜は彩継の目を見ながら、指を動かした。

瑛介と行くラブホテルの大きな鏡に映る自分の姿に、ときおり、ふっと目をやることがある。ベッドの上の顔は日常の顔とはちがう。いつしか小夜は、自分の表情を悩ましいと思うようになった。今、彩継にその顔を見せている。彩継は肉茎を反り返らせているだろう。それなのに、今夜も秘口を貫かないのだろうか。

「先生とは何もしてないわ……こうして自分で……あう……自分でオユビを動かして……お養父さまがいつも恥ずかしいことをするから……だから、ついこんなことを……いや……見ないで……そんなに見ないで……見ないで」

切なげな小夜の声が、ビンビンと股間に響く。泣きそうな顔も彩継を昂ぶらせる。昂ぶりながらも、彩継は小夜の魔性を見ていた。覗き穴がなかったら、小夜の言葉を信じていただろう。

小夜はいつから、こんなにも嘘が上手くなったのか。以前からそうだったのか。貴子を守るための嘘なのか。けれど、嘘などついたことがないような可憐な唇を半びらきにして、ほっそりした指で花びらをいじり、絶頂を極めようとしている。

貴子はどうしているだろう。欲求不満を、今の小夜のように、自分で慰めようとしているだろうか。彩継は小夜を眠らせた後、貴子の部屋に忍んでいこうかと、思索を巡らせた。

「あう……お養父さま」

小夜の息が徐々に荒くなってきた。もうじき絶頂を極める前触れだ。

彩継は耐えに耐え、たった一回の交わりの後、決して肉茎を入れなかった器の中に、緋蝶の蜜でまぶされた人差し指を押し込んでいった。

「くううう」

小夜の総身が強ばった。熱い女壺の底に指先が届きそうになったとき、顎を突き上げた小夜が絶頂をきわめて打ち震えた。

彩継は久々の小夜の女壺の感触に昂ぶった。これほど妖しい女の器官が他にあるだろうか。小夜の外見そのもののように美しく、誰も触れていないのではないかと思えるほど初々しい。強烈に指を咥えこんでいながら、不思議とその感触はやさしい。それでいながら、いくらでも女を知っている彩継ほどの男を虜にする淫らさを、しっかりと兼ね備えている。

このまま肉茎を突き刺して犯したい。しかし、二十歳になるまではと、処女を奪った日に、自分に誓った。

二十歳になったら緋蝶のように縄化粧し、緋蝶以上の被虐の女に育て上げる。そして、自分の跡を継ぐに恥じない生き人形作家にも育て上げる。

小夜を最高の女に装わせるのが自分の役目だと、彩継は信じて疑わなかった。

（あと半年したら、おまえを本当の大人として扱ってやる。おまえは私の躰の一部になるのだ。決して他の奴に勝手なことをさせるものか……）

指を抜いた彩継は、小夜の口にタオルを押し込み、秘園に顔を埋めて、溢れる蜜をすすり上げた。

続けざまに昇天する小夜の躰が何度も小刻みに跳ねた。


ぐったりした小夜に布団をかけた彩継は、いったん緋蝶の寝息を確かめるために夫婦の部屋に戻った。

緋蝶は熟睡している。

彩継は部屋を出て、貴子の部屋に向かった。

貴子が眠っているはずがない。

彩継は軽く襖《ふすま》を叩いた。返事はない。

「入りますよ」

押し殺した声で言い、襖を開けた。

貴子は布団に入っていたが、半身を起こしていた。目を見ひらいて緊張している。小夜とのことを知られ、詰問されると思っているのかもしれない。

「小夜は眠ったようです」

「何か……」

「いろいろ話をしたいんです」

彩継は布団の傍らまで進んだ。

「明日にしてください……ここに先生がいらっしゃるのを、あとで小夜さんや奥様に知られたら、何か勘違いされるかもしれませんし……」

「どんな勘違いでしょう。子供じゃありませんし、見当はつきますが」

彩継は動じなかった。

「勘違いされるとおっしゃるが、あなたが最近、小夜に会いに来るのは、本当の目的は小夜ではなく、私じゃないんですか？　私の勘違いではないと思っていますが」

貴子は呆気《あっけ》に取られている。当然だ。

「私も初めて先生がここにいらしたときから、興味を持っていました。美人で聡明で独身で、文句のつけようのない女性です」

彩継は貴子の困惑した表情を眺めて笑いたくなった。

「妻の眠りは深いんです。大声でも出さない限り、気づかれはしません」

さらに近づくと、貴子は恐怖に戦《おのの》きながら退いた。

「出ていってください。私……先生を尊敬していますが、そういう感情はございません。私は小夜さんの教師というだけです……とてもいい学生で」

「わかっています。あれは気だてのいい子です。誰でも気に入ります。でも、ここに来て、私に特別の感情を抱いてしまったんでしょう？　先生の目が私を求めているのに気づいたのは最近です。私も先生のことが好きです。先生に連れ合いや恋人がいらっしゃるならこんな告白はしませんが」

彩継は貴子を抱き寄せようとした。

「いやっ！　困ります！」

周囲を気にして、貴子は小さな声で、それでもきっぱりと拒絶しながら、彩継を押し退けた。

「ここまできて、出て行けとは言われないでしょう？　お互いに大人ですからね」

「勘違いされると困ります。こんなことが奥様に知られたら」

貴子の息が弾んでいる。

「知られたら、先生は二度とここに来るわけにはいかなくなりますね。それに、私は、あなたに呼ばれていたと言いますよ。今夜、こういうことをすることになっていたと」

「そんな……」

「小夜が知ったら、先生に絶望して大学をやめるかもしれませんね。やめてもかまいません。私は小夜を人形作家にするつもりだし、才能はあるし、大学などどうでもいいんです。むろん、先生の手伝いなどさせるわけにはいかなくなります。妻も許さないでしょう」

彩継は貴子の布団に入ると、パジャマ越しに乳房をつかんだ。

「いやっ！」

貴子は声を殺している。だが、拒絶の口調は強い。男に抱かれたことはないのだろうかと、彩継は、ふっと思った。

「あなたが欲しい。先生も私に興味がおありのはずだ。ホテルだったら素直になってくれましたか。ここでは気が散って素直になれませんか。男と女は躰を合わせてみないと本当に近づくことはできません。今夜はようやく心も躰もひとつになれる。一時間で出ていきます。この次は、ゆっくりできるところで」

彩継は貴子の唇を塞いだ。嚙まれるとまずいので、舌は入れなかった。押し倒し、躰で総身を押さえ込み、パジャマとショーツをずり下ろした。途中からは足指で下ろしていった。

「うぐぐ」

貴子の全身が火のように熱い。じっとりと汗ばんでいる。抵抗するだけエネルギーの燃焼が激しくなっている。

小夜を自由にした女に仕置きするために犯していると思うと、好きでもない女というのに、彩継も燃えてきた。

何か猥褻な言葉を口にしたい。しかし、まだ唇を離すのは危険だ。大声を出されると困る。緋蝶や小夜に知られるわけにはいかない。

濃い翳りに触れた指は、すぐさま肉のマンジュウのワレメに入り込んだ。

「ぐぐぐ」

貴子が必死に首を振り、合わさった唇から逃れようとしている。腰も動かそうとしているが、彩継の体重で押さえ込まれていては、どうすることもできない。両手はひとつにして、左手で押さえ込んだ。

彩継は花びらや肉のマメの大きさを確かめた。まだ濡れていない。まさかこの年で処女ではあるまいと思ったが、秘口を見つけたとき、用心深く押し込んでいった。

「んぐ……ぐ」

総身が緊張している。まだ潤みは少ないが、右手の中指は障害物に触れずに沈んでいった。沈めたまま、右手の親指で花びらや肉のマメを揉みほぐした。熱い。いっそう貴子の躰が熱を放ってきた。そして、ぬめりも満ちてきた。

(ちゃんと濡れるんだな。安心したぞ)

彩継は貴子の必死の抗いをよそに、ほくそえんだ。

ゆっくりと女の器官のすべてを揉みしだいていった。心臓が高鳴っている。合わさった胸にドクドクと伝わってくる。快感のためか恐怖のためかわからない、全体がぬるぬるしてきたからには、絶頂が近いのかもしれない。

彩継は外性器のいたぶりをやめ、肉の器に押し込んでいた中指に、もう一本、人差し指も加えて入れ直した。そして、出し入れしたり、スクリューのように回転させたりして、肉のヒダを徹底的に刺激した。

「うぐぐ……ぐ」

かなり荒い息が貴子の鼻から洩れている。蜜液も秘園全体を濡らしている。

彩継は蜜の量と鼓動と鼻息から、貴子の快感の度合いを測っていた。そして、もうそろそろかと思うころ、天井のGスポットらしきものを探り当て、指の腹でこりこりと引っ掻くように刺激した。花びらや肉のマメ、聖水口の神経が集まっているところだ。快感は一気に昂まるはずだ。

「うぐう……」

思ったとおり、激しい反応が表れた。声を聞けないのが残念だ。

「ぐっ」

総身が、今までとちがう硬直を表した。同時に秘芯のあたりに水が溢れた。

彩継は重ねていた唇を、ようやく離した。

貴子は惚《ほう》けた顔をしていた。

彩継は貴子の下腹部を見つめた。シーツがずぶ濡れだ。だが、アンモニア臭はしない。ためしに鼻を近づけて匂いを嗅いだ彩継は、貴子が潮を吹いたのを知った。

「先生が潮吹きだったとは驚きだ」

彩継は放心状態の貴子の半身を起こし、びしょびしょになったシーツを見せた。

「いつもこうなんですか？　中には、洩らしたと勘違いした男もいたでしょう？　いつも潮を吹くんですか？」

彩継は呆然としている貴子を見て、案外、潮を吹いたのは初めてなのかもしれないと思った。

「先生、潮を吹いてくれて光栄ですよ。しかし、オシッコでなくてよかった。オシッコなら簡単に乾きませんから、女房に知られるところでした。いえ、布団を干すからには、小夜にも知られるところでした。潮なら乾くのが早いですからね。さて、潮を吹いてくれたところで、今度は指じゃなく、本物を入れてあげましょう」

緋蝶と小夜に気をやらせたものの、まだ使っていない肉茎を、彩継は貴子の濡れた器に強引に押し込んでいった。

第五章　至高の花

1

九月も下旬になり、秋の気配が忍び寄っている。

小夜と緋蝶、瑛介と愛子は、屋敷の庭を散歩していた。

「このあたり、藪枯《やぶが》らしがたくさん生えていたんですよ。やっとこないだ抜けました。小夜ちゃんが庭のお手入れに来た人に、ここだけは抜かないでって頼むんですもの」

緋蝶が笑った。

「藪枯らしって凄い名前だな。蛇で言えば毒蛇か？　俺、知らないな」

瑛介が言った。

「私達は貧乏葛《びんぼうかずら》って言ってました。藪枯らしって後で知ったんです」

愛子は軽快な白いパンツを穿いている。以前より若々しい。小夜にも緋蝶にも、景太郎との仲がうまくいっているのが想像できた。

「藪枯らしに貧乏葛か、ますます見たくなった。どんな凄い奴なんだ」

「どこにでも生えてる草よ」

愛子が言った。

「六月頃から、ちっちゃいお花がたくさん咲くのよ。私、可愛くて大好きなの。可哀想な名前をつけられてるだけよ」

小夜は同情的だ。

「確かに可愛いお花をつけるわ。でも、放っておくと藪枯らしが茂って、他の木や花を枯らしてしまうの。それで嫌われるし、早く抜かないと大変なのよ」

「全部抜いたら可哀想よ。後で瑛介さんには植物図鑑を見せてあげるわ。ほんとに可愛いんだから」

「小夜ちゃんみたいに可愛いのか」

瑛介が冷やかすように言うと、小夜はわざとそっぽを向いた。

「いくら何でも、小夜ちゃんと藪枯らしをいっしょにしたんじゃ、失礼よね。ほんとに瑛介ったら、相変わらずのデリカシィのなさで、女性達の顰蹙《ひんしゅく》を買ってるんだわ」

愛子は溜息をついたが、緋蝶はくすりと笑った。

瑛介は持ち前の性格から、単に場をなごませるために口にしたことだったが、そのあとで、小夜の本性は、瑛介の知らない藪枯らしのように、いつしかすべての者を取り込んでいくのだろうかと、脳裏を掠めていくものがあった。

誰が見ても純粋で愛らしいだけの小夜。一点の陰りもなく、後光が差しているようにさえ見える。しかし、小夜に会った者は心を奪われ、目に見えない触手で雁字《がんじ》搦《がら》めにされ、魂を奪われてしまう。

（いつか、俺の魂は小夜に吸い尽くされてしまうだろうか……いつか？　いや、今だって、俺は小夜なしの人生なんか考えられないじゃないか……）

しかし、彩継のことを考えると、瑛介は将来、小夜と暮らせるようになれるかどうか、まだ自信はなかった。

力ずくでも彩継から小夜を奪い取ってしまいたい。だが、緋蝶や愛子や景太郎のことを思うと、それもできない。八方丸く収めて小夜といっしょに暮らせるようになれば……。瑛介は日に幾度となく、そんなことを考えた。

「小夜ちゃんの大学の先生、牧野先生と言ってたかな。ときどきここに来てるのかな。ここに来ると、みんなファンになって、しょっちゅう来たがるだろう？　家もいいし、庭も最高だからな」

瑛介は奥湯河原の別荘での光景を、今も鮮烈に覚えていた。貴子のことを、さりげなく小夜に訊いたこともあるが、小夜はうまく逃げた。女同士とはいえ、今はどうなっているか気になる。

「先生、とってもここを気に入ってくださって、お泊まりになったことがあったけど、一度きり。遠慮なさってるみたい」

緋蝶の言葉に、瑛介は、ほっとした。しかし、外でいくらでも会える。

別荘から戻ってきても、貴子との淫らな時間をおくびにも出さない小夜が不気味でもあった。彩継達との麻雀で、徹夜明けに奥湯河原へ運転して行ったので途中で眠ってしまい、夢を見てしまったのではないか。それを現実と思い込んでいるのではないかとさえ思うことがあった。

「瑠璃ちゃんはどうした?」

「彼氏でもできたのかしら。やっぱり、あんまり泊まらなくなったわ。顔を出す回数も少なくなったし」

「瑠璃子は何となく変。私に彼氏のこと、隠してるのかしら。前は、お養父さまにお人形を習って、人形作家になるなんて言っていたのに、近頃は、お人形のことも言わなくなったわ」

瑠璃子が彩継のアブノーマルな行為に恐れをなしてしまったことなど、誰も知るはずがない。

「ほら、あれ、私の大好きな紫式部。これは他の家や公園にあるものより好き。もう少し紫が濃くなるわ。紫式部の、ちっちゃなちっちゃな花も大好き」

声だけ聞いていると、小夜は幼子のようだ。

前方の小夜が指さしたところに、背丈ほどもある木がしだれている。枝には直径三ミリほどの紫の実が、たわわについていた。

「正式には、これは小紫なんですけど」

緋蝶が付け足した。

「瑛介さんは、いいところに就職が決まってよかったわね。大学の合格のお祝いをしたのは、ついこないだのような気がするけど。就職祝いは何がいいかしら」

瑛介は、彩継の存在さえなかったら、即座に、小夜を、と言っただろう。

「気にしないでください。最近、リストラも多いし、半年で馘《くび》になったんじゃ、お祝いをいただくだけ申し訳ないですから」

「まったく瑛介ったら」

「祝儀泥棒になっちゃ悪いだろ？」

「泥棒だなんて」

愛子がどうしようもないというように、また溜息をついた。

緋蝶はふたりのやりとりを面白がっている。

「小父さん、今夜の帰りは遅いんですか？」

「遅いと思うわ」

「小父さんが戻ってくるまで、小夜ちゃんを借りていいですか。別に四人いっしょでもいいんですけど、俺、女三人に囲まれていると負けそうだし」

「何を言ってるの、まったく……変なことばかり言わないでちょうだい」

愛子の表情は、困った息子だと言っている。

「兄妹だから、たまには兄貴らしくしてやらないと。学生に人気の居酒屋があるんです。もちろん、未成年者の小夜ちゃんに酒を飲ませるなんてことはしませんから。料理が美味いんですよ。高級料亭もいいけど、貧乏学生には貧乏学生にふさわしい店ってのがあるんです」

「瑛介が貧乏学生でも、小夜ちゃんは料亭でおいしいものを食べつけてるわ」

「母さん、いちいち俺の足を引っ張るなよ。小母さん、いいでしょ？　きょう中には帰します……と言いたいけど、ここのお嬢さんは、そんなわけにはいかないか。十時までには……いや、九時かな」

「いいわ、気をつけて行ってらっしゃい」

「やった！」

「ちゃんと、ここまで送ってこないとだめよ。今は物騒な時代なんだから」

「ああ、物騒だから、美人のお袋に何かあると困るから、俺が迎えに来るまでここにいろよ。ちゃんと小夜ちゃんを送ってきたら、そのまま連れて帰ってやるから。親父の大切な奥さんだもんな」

「瑛介、いい加減にしなさい！」

瑛介が大げさに肩を竦《すく》めた。

「楽しいわねえ。瑛介さんみたいな子がいたら、家には照明なんかいらないかもしれないわ」

「小母さん、それって、明るいって言いたいんですか？」

「そうよ」

「聞いたか、母さん。俺がいると省エネだぞ。光熱費が助かるじゃないか」

緋蝶と小夜は我慢できずに、くくっと笑った。

ふたりは堂々と許可を得て屋敷を抜け出した。

瑛介は駅の週代わりの仮店舗に出ていた紳士用品を見て、安いネクタイを買おうとした。

「すごく安いわ……でも、それなりに安っぽく見えるから、もう少し高いのがいいわ」

いかにも安物といったデザインに見かね、小夜は周囲をはばかりながら、瑛介だけに聞こえるように言った。

「惜しみなく使い捨てできるのがいいんだ」

瑛介は小夜が止めるのも聞かず、ネクタイを買ってしまった。

次に玩具屋《おもちゃや》に寄り、安物の小さなぬいぐるみを五つも買った。

「持って帰って、ゲーセンで苦戦して取ったことにするんだ。もしも、俺達より早く小父さんが帰っていたときのために」

「こういうことに関しては頭の回転が速いのね」

「こういうことに関しては、か。参ったな」

瑛介が苦笑した。

いつものラブホテルは土曜のせいか、一室しか空いていなかった。

「ラッキー。危なかったな。しかし、どんな奴がセックスしてるんだ？　昼間っからいっぱいとは呆れるよな」

「人ごとみたい。私達だって……」

「俺達の後に来た奴、満室と知ったら、どんな顔して出ていくだろうな。まあ、他がどこか空いてると思うけど、日にちと時間帯によっちゃ、どこもかしこも満室だからな」

「そんなことがあったの？」

「また口が滑っちまった。昔のことだ」

瑛介は部屋に入ると、すぐに湯を入れはじめた。

「小母さんだといいな。俺達が出かけても平気だ」

瑛介が腕を刺されたとき、小夜は瑛介といっしょだったと緋蝶に言った。瑛介はそれを知らない。三年も前のことだ。それからは瑛介と会っていることを話してはいないが、緋蝶は感づいているはずだ。知っていても許してくれたのだと思っていた。

「小父さんが聞いたら怒るかな。まあ、小母さんがいいと言ったんだから、そう怒りはしないよな。それとも……」

瑛介は小夜を見つめた。

「なに……？」

「怒ったあげく、いつかみたいに蔵で小母さんを」

「言わないで」

小夜は恥ずかしさに、次の言葉を止めた。

意味ありげに笑った瑛介は、服を脱ぎはじめた。脱いでしまうと、小夜の服を剝いでいった。

いつものように眩しい小夜の裸身を見つめた瑛介は、買ったばかりのネクタイを出した。

「あのね……それ、あんまり好きじゃないわ。瑛介さん向きじゃないと思うの」

「俺のじゃないから」

「まさか、父に渡すとか」

景太郎にも締めさせたくない柄だ。生地も見るからに安っぽい。

「親父にはこんな安物、だめだ」

「じゃあ、誰に？」

「小夜に」

「あっ！」

一瞬のできごとだった。

瑛介に手を取られ、左右の腕を後ろ手にされた。手首にネクタイがまわっていった。

「いや！　しないで！　瑛介さん！」

「こうしてしたい。こないだだってこうしたんだ。風呂でオシッコまでしていながら、またここに来たんだ。これがいやじゃないってことだ」

「いやっ！　いやよ！」

「さあ、風呂だ。全部、洗ってやる」

「いやいや」

小夜を引きずって浴室に入った。

「解いて！　解いて！　解いて！」

小夜は浴室から出ようとして暴れた。瑛介はますます興奮した。

バスタブの湯は、まだ半分しか溜まっていない。シャワーを捻《ひね》っている間に小夜が浴室から逃げ出してはと、洗面器で湯を掬って胸からかけた。背中にもかけた。

「いやっ」

「洗ってやると言ってるんだ。おとなしくしろよ」

ボディソープを取ってノズルを押し、小夜の乳房にかかった液を広げていった。

翳りにシャボンを広げるときは、鼻息が荒くなった。ワレメの匂いは好きだが、今は、拘束した躰を洗う行為のほうが昂ぶる。

「あう！　瑛介さんのばか！」

「後ろを向けよ」

「あうっ！」

両肩を押さえて回転させ、背中や尻を遊び半分に洗った。豊臀の谷間のすぼまりにも指を這わせた。

なかなかおとなしくならない小夜が逃げようとする。おとなしく身を任せられるより、オスとしては血が滾る。

シャワーをかけたいが、捕まえていないと逃げ出しそうだ。

瑛介は後ろから小夜を抱き上げ、シャボンがついたまま浴槽に入れた。シャボンが湯の表面に広がった。

「ばか！」

「せっかく溜めたお湯が台無しだ。小夜のせいだぞ」

「解いて」

「解くもんか」

瑛介は小夜を押さえて肩まで沈めた。そして、向き合った小夜の秘園に手を入れた。

石鹸はすっかり取れているはずだが、ぬめりがあった。やはり……と、瑛介は小夜の被虐の性を、ふたたび確信した。彩継と緋蝶の蔵での姿が浮かんだ。

瑛介は湯船の中で小夜の柔肉を玩んだ。くぐもった声を上げる小夜が立ち上がろうとする。

左手で肩先を押さえつけておき、右手で花びらや肉のマメをいじりまわした。湯に石鹸が混じっているので、秘壺には指を入れなかった。

目の前の小夜の顔が悩ましい。まだ逃げようとする素振りを見せる。だが、瑛介は、小夜が誘っているのだと思った。

唇を塞いで舌を入れ、がむしゃらに唾液をむさぼった。

小夜は敏感な器官の快感から気を散らすように、瑛介以上に唾液をむさぼりはじめた。蠢き暴れる小夜の舌に、瑛介の股間はひくつき、疼いた。

顔を離して小夜をバスタブから出した。そこで貫きたかったが、小夜の両手を拘束しているだけに、滑りそうな危惧を覚え、浴室から出た。

躰が濡れたままの小夜を、浴室のドアの前の洗面台に押しつけた。歪んだ小夜の顔が、鏡に映っている。それを見ると、剛直のひくつきが激しくなった。透明液が鈴口からしたたった。

後ろから秘園に手をまわし、肉のマンジュウのあわいに指を伸ばした。指がぬるぬるした蜜にまぶされた。

両手を拘束したときから小夜はいやがり、今も、目の前の鏡に映っている顔は、まるで理不尽に犯されているように歪んでいる。だが、小夜は感じている。女の器が示している悦楽の証と苦悶の顔とは反対だ。

瑛介はひくつく剛棒を、すぐさま後ろから押し入れた。

「小夜、見ろよ。自分の顔を見てろよ。どうして女は気持ちがいいのに笑ったり微笑《ほほえ》んだりしないで、顔を歪めるんだろうな。ああ、小夜、締まる……おお、凄いぞ」

瑛介は締めつけ、蠢く肉ヒダに奥歯を嚙み締めた。

「小夜、よく見ろ。鏡から目を離すな」

眉間に皺を寄せている小夜は、ちらりと鏡を見つめたが、すぐに目を逸らして下を向いた。

「見ろ！」

「いや……」

瑛介は小夜の後頭部の黒髪をぐいと握り、自分のほうに引いた。小夜の顔が前方に向いた。

「見ろ！　きれいだろう？　見ろよ！　今にも壊れそうだ。壊れそうな小夜を見ると、よけい乱暴にしたくなる」

小夜は強引に鏡に向けられた顔を、弱々しい目で眺めた。

「小夜、セックスは好きか？　太い奴を入れられるのは好きか？　好きだよな？　入れられるよりいじられるほうが好きか？　こんなふうに」

髪を離した瑛介は、肉のマメを包んでいるサヤを揉みほぐした。肉茎を挿入しているので、器官全体がふくれている。

「く……うく……んん」

小夜が可憐な唇をひらいて喘いだ。

「自分の顔を見てろ。目を逸らしたら、オマメを抓《つね》るぞ」

小夜は泣きそうな顔で鏡を見つめている。

女はどうして快感の中にあって、こんな悲壮な顔をするのか。瑛介は今まで、女と交わっているとき、不自然さを感じたことはなかった。だが、小夜を知れば知るほど、小夜のことがわからなくなってくる。

貴子とまで秘密の時間を持っていた小夜。では、彩継とは……。

瑛介は自分だけのものと思っていた小夜が、その純な唇から、さらりと偽りの言葉を吐くのを知った。

小夜に自由はなく、自分とときおり会う時間だけが、彩継に知られていない唯一の秘密の時間だと思っていたが、実際はどうなのか。

大学の構内にも秘密の場所や時間があるのではないか。女子大とはいえ、多くの男が勤めている。つきっきりで二十四時間監視していない限り、三十分や一時間の時間をどう使っているか、わかりはしない。

「小夜、こんなことをするのは俺とだけだよな？　小夜、どうだ。こたえろよ」

「痛い！」

肉のマメを包皮の上から抓《つま》むと、小夜は悲鳴を上げた。

「こんなことは俺だけとだよな」

小夜が歪んだ顔のまま頷いた。

瑛介は別荘で見たことを話したかった。二度も平気で嘘をつく小夜が憎らしかった。

「夢を見たんだ。小夜が先生と別荘に行ったとき、小父さんに麻雀を誘われて徹夜して、そのときウトウトして、俺は夢を見たんだ。小夜と先生が女同士でいやらしいことをしている夢を」

小夜はそれまでの表情を消し、覚醒したように目をひらいた。

「いやらしい夢だった。あの日からずっと気になっていた」

小夜は動揺している。瑛介はそれがわかると、ますます嗜虐的になった。

「現実みたいにはっきりした夢だった。その別荘に行ったこともないのに、まるで行ったことがあるような気がした。外観が白い色をしてるんだ。しゃれた別荘だった」

小夜の胸の喘ぎが大きくなった。

「先生が小夜をバスローブの紐でくくってベッドに縛りつけて」

「いや！　そんなこと言わないで。そんなありもしない夢の話なんか聞きたくないわ」

中心を貫かれていながら逃げようとする小夜を、瑛介はさらに深く突き刺した。

「夢だからいいじゃないか。聞けよ。先生はいやらしいものを出して男のかわりに自分の股《また》座《ぐら》につけて……それはペニスのくっついたパンツみたいなものだった……それで、くくりつけた小夜を男のように突き刺した」

「言わないで！」

「小夜はそんなことをされていながら、感じて濡れていたんだ。な、凄い夢だろう？　小夜のことばかり考えていると、そんな夢まで見てしまうんだ。俺は小父さん達と麻雀をしていたのに、まるで幽体離脱して、意識は小夜の元にいるような気がした」

目にしたことをそのまま言うと、小夜は激しく動揺していた。

「小夜、たとえ相手が女でも俺は妬ける。夢を見てから、毎日毎日、それが頭に浮かぶんだ」

「そんな夢を見るなんていや」

洗面台の鏡に映っている小夜の見ひらかれた目は、戸惑いではなく、恐怖の目だ。

「会ったこともない助教授まで夢に出てくるなんておかしいだろう？　そいつは黒い下着をつけていた」

「いやっ！」

小夜の叫びが心地よかった。

「しょせんペニスを腰につけたって、偽物は偽物でしかないさ。これが本物だ。こいつが男の、俺の、本物のペニスだ。小夜を悦ばせるのはこいつしかないんだ」

瑛介は引いた腰を力強く打ちつけた。

「ぐっ！」

小夜の口から悲鳴とも苦悶ともつかない声が洩れた。

瑛介は洗面台の前でしばらく小夜を突いた。そのあと、ソファに押しつけて後ろのすぼまりを舐めまわした。あせみどろになり、小水をこぼしたように濡れている小夜を、今度は壁際に立たせ、立ったまま突いた。

最後はベッドに仰向けにして、歪んだ顔を見下ろしながら突いた。

アブノーマルに愛するほど、小夜が羞恥を感じるほど、そして、顔を歪めるほどに、自分に近づいてくれる気がする。小夜を自分だけのものにするには、こうするしかないのだと思えてくる。

両手を拘束されたままの小夜が、瑛介に穿たれるままに揺れている。屠られるために捕えられた、この世でもっとも美しい生《い》け贄《にえ》だ。

「いくぞ。もうだめだ。小夜、好きだ！　うっ！」

瑛介の躰が硬直した。

屋敷に戻ると、彩継は帰宅していた。

玄関に出てきたのは彩継だった。強ばっているように見える彩継に、瑛介はにこやかな笑みを向けた。

「どうも、小父さん、今晩は」

「ああ」

彩継は素っ気なかった。

「小夜ちゃんと遊んできました。母さんを連れて帰ります。どうしてますか？」

「お帰りなさい」

緋蝶と愛子がやってきた。

「腹ごしらえしたあとのゲーセン、せっかく小夜ちゃんにいいとこ見せようと思ったのに、苦戦だった」

小夜は瑛介が玩具屋で買ったぬいぐるみを差し出した。

「まあ、可愛い。瑛介さん、上がって。きょうはいろいろありがとう。お父さまから電話があって、よかったら泊まってきたらって。いやじゃないなら、明日帰ったら？」

ひとつのぬいぐるみを手にしながら、緋蝶が言った。

「迷惑になったらと思ったんだけど、緋蝶さんが、たまにはどうかって」

愛子が遠慮がちに言った。

「それは嬉しいな。俺、いちばん広い部屋の真ん中に布団を敷いて、大の字になって休んでみたいな。いつかは徹夜麻雀で、いつのまにか寝ちまったけど」

「じゃあ、お泊まりね」

嬉しそうな緋蝶と裏腹に、彩継は口を閉じたままだ。

「小父さん、すみません。いいんですか？」

瑛介が尋ねると、彩継はだめだと言えるはずもなく、ああと、また短くこたえた。

「私はこれから工房で仕事をしますから、ときどきキッチンやトイレに立つかもしれません。朝まで廊下をウロウロするかもしれませんが、気にしないで休んで下さい」

愛子に向かって言ったが、瑛介を牽制《けんせい》するためだった。

彩継は仕事をすると言って工房に入ったものの、瑛介を監視するための口実で、ときどき小夜の部屋の裏にある和室に入っては、瑛介が小夜の部屋に忍び込んではいないかと覗き穴から窺った。

小夜はときおり寝返りを打っているが、眠っているように見える。それでも、彩継は安心して眠るわけにはいかなかった。

三年前、小夜の処女を奪うとき、小夜はどんなものより自由が欲しいと言った。小夜がヴァージンだったと確信した彩継は、それまでよりは小夜を自由にしているつもりだ。だが、日に日に、小夜の自由を奪い、自分の監視下に置きたい欲求がふくらんでいる。日ごとに妖しいほど美しい女に変身していくからだ。貴子でさえ、彩継以外が触れてはならない小夜の秘密の花園に触れてしまった。世の中のすべての人間が敵だ。

彩継が瑛介を気にしているように、瑛介も彩継が気になっていた。

愛子が眠ったのがわかると、瑛介は、ふたつ並べて敷かれている布団から、こっそりと抜け出し、障子越しに廊下を窺った。

彩継らしい人物が工房の方から玄関の方へと歩いていく。なかなか戻ってこない。戻ってきたかと思うと、しばらくして、また瑛介達の部屋の前を通っていく。何度か繰り返されるが、戻ってくるまでの時間を考えると、トイレでもなく、お茶などを飲みに行くのでもないような気がした。

何度めかに彩継が通り過ぎたとき、瑛介は襖を開けて首だけ出し、彩継の後ろ姿を窺った。彩継は廊下を挟んでキッチンとは反対の、小夜の部屋の脇の廊下を曲がった。

小夜の部屋に入ったのではないとわかると安堵したが、なぜそちらに行くかわからなかった。和室があるのはわかるが、入ったことはない。

不自然さが気になったが、いったん布団に入ってしまうと、そのまま眠ってしまった。

2

朝食に彩継は顔を出さなかった。

「主人からよ。ごめんなさいね」

緋蝶が愛子に、彩継の走り書きのメモを渡した。

〈仕事で徹夜したので、休ませてもらいます。失礼、お許し下さい。どうぞ、ごゆっくり〉

力強い達筆の文字だ。

「芸術家って、お仕事に熱中すると、寝食忘れてなんでしょうね。躰を壊さないようになさらないと。でも、人形作家の第一人者ですもの。忙しいのは当然ね。ついお邪魔してしまったけど、ご主人には迷惑だったでしょうね」

「とんでもない。またいつでもどうぞ。いつかは、瑛介さんを麻雀に呼んで徹夜させてしまったことがありましたけど、そんなふうに適当にやってますわ」

「また人が足りなかったら、いつでも呼んで下さいと言っておいて下さい。負けた分は棒引きしてくれたし、正直言って、ホッとしました」

瑛介がトーストをかじっている口を動かした。

「まあ、賭けたの？」

「賭けない麻雀なんかあるもんか」

瑛介は呆れている愛子に軽く返した。

食後、愛子が緋蝶の片づけを手伝った。

瑛介は彩継が夜中に何度も足を向けていた方向が気になっていた。

「あっちの部屋に入っていいか？」

小夜にさりげなく、気になる和室に案内させた。

「ここはたくさんの部屋があっていいなあ」

瑛介は小夜にも怪しまれないようにと気遣った。

「私が来る前は、ここと私の部屋はひとつの広い和室だったらしいわ。でも、私のために半分にして、洋間を作ってくれたのよ」

「へえ、相当広い部屋だったんだな」

家具は何もない。木目の美しい観音開きのクロゼットの他には、地袋つきの床の間があり、水を張った焼締《やきじめ》の皿に、睡蓮の葉とつぼみが浮かべてあるだけだ。

彩継が仕事中に、何度もここに来る必要があったとは思えない。ますます夜中の行動が不自然に思えた。

「小父さん、工房だけじゃなく、ここでも仕事したくならないかな。まあ、ここでなくても、どの部屋も創作意欲が湧いてきそうだけど」

「ここは使わないわ」

小夜は即座に否定した。

それなら、彩継の夜中の行動は何だったのか。小夜の部屋と隣接しているだけに、秘密の匂いがするような気がしてならない。

「小夜の部屋を見たい。小父さんは寝てるみたいだからいいだろ？　ちょっとだけ」

「変なことするからいや……」

「小母さんもお袋もいるんだ。残念ながら、小夜がしてくれと言っても、昨日みたいな刺激的なことはできないな。今度はもっと凄いことをしような。小夜はあんなふうにされると、びっしょり濡れるし、ますますきれいになる」

「ばか……」

小夜は瑛介から目を逸らした。

小夜の部屋に入った瑛介は、和室と接している壁を眺めた。

「これ、なかなか手が込んでいて高そうだな。小夜の好みとは思えないがな」

花鳥風月の彫刻が壁に取りつけてある。これまで、そんなものを気にしたこともなかった。いつも小夜だけしか見ていなかった。

「欄間だったらしいの。洋風にも合うし落ち着くからって、お養父さまがインテリアとして選んでつけてくれたみたい」

「最初からあったのか」

「そう。ベッドも家具も、全部お養父さまとお養母さまが揃えておいてくれたのよ」

瑛介は彫刻を穴が空くほど見つめた。だが、不自然なものは見つけることはできなかった。

「気に入ったの？」

「器用な奴はいいなと思ってさ。小父さんも器用だし、芸術家ってのは凄いよな。冷たいコーヒー、飲みたくなった。持ってきてくれるか？」

「あっちで飲めばいいのに」

「ここにはいくらでも広い部屋があるんだ。贅沢させてくれよ。もうじき帰らないといけないんだからさ。この裏の、さっきの部屋にいる」

瑛介は睡蓮が浮かんでいる和室に行き、泥棒猫のようにクロゼットを開けた。だが、何かを期待していたというのに、何も見つけることはできなかった。

小夜がやってくる前にクロゼットを閉じた。

氷を浮かべたアイスコーヒーのグラスを、小夜が小さなトレイに載せてきた。

「小夜、頼みがあるんだ……自分の部屋に入って、さっきの欄間だった彫刻の取りつけてあるところを叩いてくれないか。わけは訊かないでくれ。今しか、そんな変なことはできないし」

小夜は不思議そうな顔をした。だが、そのあとで、あっと息を呑んだ。

「俺が何をしようとしているか、見当がつくのか……そうなのか」

小夜は即座に首を振った。

「叩いてくれ。いいだろう？」

瑛介には小夜が動揺しているように見える。瑛介が考えていることに、小夜も思い当たったのではないか。ここにはからくりがあると。

しぶっている小夜を追いやった。耳を傾けていると、やがてかすかな音がした。クロゼットのあたりだ。だが、ふたたびクロゼットを開いてみたが、何も怪しいものは見つけることができなかった。

小夜がやってきた。

「どこで音がしたの……？」

「このあたり。何もない……俺の思いちがいかな……」

「どういうことか教えて」

小夜の顔は真剣だ。

「夜中、小父さんがさ、何度もこの部屋に入ったみたいなんだ。いや、入ったと思う。その廊下をこっちに折れたら、ここに来るしかないからな。てっきり、覗き穴でもあるのかと思ってさ。何度も行ったり来たりしていた。推理小説の読み過ぎかな」

瑛介はすっきりしなかったが、何もないのを自分の目で確かめたからには、単なる想像でしかなかったと思うしかない。

けれど、小夜は養女になってからの不思議な出来事を考えていた。夜中、こっそりと指で恥ずかしいことをしていたのを彩継が知っていたのは、覗かれていたからではないのか。

小夜もクロゼットを見つめた。

「瑛介さんっていろいろ面白いことを考えるのね。私、何か大変なことかと思って、ドキドキしてたのに」

小夜は笑ってみせた。だが、疑惑は急速にふくらんでいた。

愛子と瑛介が帰った夜、小夜が部屋に入ると、彩継は夫婦の部屋で、緋蝶に不機嫌さをまともに出した。

「よりによって、年ごろの小夜を、瑛介といっしょに外に出すとは何ごとだ」

「血は繋がっていなくても、兄妹です」

　緋蝶は遠慮なく返した。

「そうだ、兄妹だが血は繋がっていない。小夜は誰より美しい。間違いがおこったらどうなる」

「瑛介さんが、無理に小夜ちゃんに何かするとでもお思い？　そんな子じゃないわ。まして、合意の上なら責めるわけにはいきません」

「今、何と言った？　合意の上だと？　あのふたりはできているというのか」

「例えです……」

「たいした例えだ。兄妹ができてたまるか」

「でも、瑛介さんは、誰からも好感を持たれる青年です。母親の愛子さんもいい方だし、邪険にしないで下さい」

「いつ私があいつに対して邪険にした」

「あいつだなんて。瑛介さんは小夜ちゃんのお兄さんで、愛子さんの息子さんで、今は、小夜ちゃんの実の親の景太郎さんの息子さんでもあるんですよ。もっと温かい目で見てさしあげて」

「もういい。私をこれ以上、怒らせるな」

彩継は有無を言わせぬ口調で言った後、緋蝶の汗や愛液の滲んだ、長年使い古した紅い縄を取り出した。

緋蝶の寝間着を剝ぎ取り、後ろ手胸縄を施した。絞り上げた乳房の間の二本の縄を下腹部へと伸ばし、股間縄をして背中に引き上げた。股間の縄は、それぞれが花びらと肉のマンジュウの間を通っている。

「疼くか。おまえはすぐに濡れる。縄を見ただけで濡れる女になった。私といっしょになったときは何も知らなかったおまえが、こんなにも淫らな女になった。淫らな女はいつまでも美しい。小夜が日に日にきれいになっていくのは、案外、淫らな女だからかもしれない」

緋蝶の息が乱れた。

「娘に何ということを……」

にやりとした彩継は、緋蝶に寝間着を羽織らせた。伊達締めは締めなかった。

「続きは蔵だ。来い」

緋蝶は狼狽《ろうばい》した。

「廊下で小夜ちゃんに会ったら……困ります」

「もう寝ている。いや、起きているかもしれない。五分五分だな。そして、廊下で会うかどうかも五分五分だ。来い」

「いや」

「もう一度、同じことを言ってみろ。寝間着を剝いで、縄化粧したまま連れて行く」

脅しではなく、彩継なら実行するだろうとわかる。緋蝶は二度と、拒絶の言葉を口にすることはできなかった。

廊下に出た緋蝶は、小夜の部屋を恐る恐る窺った。

静まり返っている。部屋に明かりがついているのかどうかもわからない。たった今、小夜が出てくるかもしれないという不安に怯え、いっときも早く工房まで辿り着きたいと思った。

しかし、彩継が緋蝶の行く手を遮り、わざとゆっくりと歩いていく。

「あなた……」

「慌てることはあるまい。たとえ小夜に見つかっても、後ろからでは、股座にまわった縄は見えないからな。よけいなものを羽織らせてしまった」

前に出ようとする緋蝶を躰で邪魔しながらゆったりと進む彩継は、小夜が出てこないかと心待ちしていた。

工房に入ったとき、緋蝶はじっとりと緊張の汗をかいていた。

彩継は工房に鍵をかけなかった。半年もすれば小夜を緋蝶のように扱い、より艶やかな女に育てていくのだという決意がある。だからこそ、小夜に、蔵での緋蝶との行為を覗かせている。今夜は小夜が気づくかどうかわからないが、これからも、緋蝶とのプレイの最中、鍵をかけるつもりはなかった。

蔵に入った彩継は、緋蝶を箪笥の手前に立たせたまま、寝間着の胸元をひらき、紅い縄で絞り出されている白いやわやわとしたふくらみをつかんだ。乳首はすでに、しこり立っている。

緋蝶の顎を左手で持ち上げ、正面から火照った顔を眺めながら、右手で乳首をいじりまわした。

直接的な行為より、じんわりと躰を嬲りながら、こうして美しい女の表情を観察するほうが楽しい。

直接的な行為など、所詮、動物としての最終的な行為にすぎない。能力のある人間は、他の動物とはちがう、知能の遊びを楽しめるはずだ。

彩継が小夜と一度でも交わったのを知る者がいたとしたら、なぜ一度きりなのかと言うかもしれない。しかし、時間は、これからもたっぷりとある。美味しいものは少しずつ味わって食べるのもいい。一口で食べてしまっては惜しい。小夜という極上の仔羊をほどよく太らせ、美味い肉がついたところで食べはじめようというだけだ。仔羊とは軽く遊んでやるのがいい。しかし、それもあと半年だ。

乳首を軽く玩ぶだけで、緋蝶はぬめるように輝いている悩ましい唇をわずかにひらき、そのあわいから、オスをぞくりとさせる切ない喘ぎを洩らしている。

どういう表情をすればオスを悦ばせるかを学習する者もいるが、緋蝶も小夜も、何ひとつ教えなくても、オスを惹きつけるオーラを放っている。哀れを乞うような目。男を見つめるその目の色も角度も、睫毛の動きも、学んで得られるものではなく、生来のものだ。

人と接すれば上品な言葉の出てくる唇が、彩継が肌を愛でれば、たちまち艶《なま》めき、会話や食するための器官ではなく、下腹部の女の器官と同じように、性愛の器官に変化する。顎を持ち上げ、微妙に動いている唇を見つめているだけで、隠れている女の器官の状態までわかる。

紅いロープで締めつけられている花びらや肉のマメが、目の前の唇のように赤らみ、ぬめり輝いているだろう。

緋蝶の躰をいましめる縄は、縛り方によって、いつも同じ部分が同じ肌に触れることになる。股間縄をするときは、同じ場所だけが蜜液を吸って、他より光り輝いていく。緋蝶の肌を知り尽くした縄は、緋蝶の柔肌にしっとりと絡みつき、より妖艶に装わせる化粧となる。

「あう……あなた」

懇願するような哀れなまなざしを向けた緋蝶の唇が、かすかに震えている。

「あなた……」

緋蝶は胸を突き出し、肩先をくねらせた。指でいじられる乳首の快感が、すでに総身へと波を広げ、下腹部をじわじわと疼かせている。

「熱い……熱いの……あなた」

また紅い縄が、新たな緋蝶の汗を吸っていく。

半年後に小夜をいましめる縄も、汗を吸い、蜜を吸い、ときには涙を吸って、しっとりと落ち着いた上等の縄になっていくだろう。

新しい縄は肌になじまない。女をいましめる縄は、長い年月をかけ、愛情を注がなければならない。縄であればなんでもいいとしか思っていない者は、品物でも梱包していればいい。

女をいましめるのは、より美しく装わせるためだ。女の美しさを際立たせるための道具だ。縄は女の汗と涙と蜜液で、じっくりと磨かなければならない。

「おまえは文句なしに美しい。同じ血が流れているだけに、小夜も美しい。日に日に恐ろしいほど輝いてくる」

彩継の指先に玩ばれ、ぼっとなっていた緋蝶は、はっと現実に戻った。

「小夜ちゃんは娘です」

「だから私のものだ」

「ちがいます。私達の娘です」

「そうだ。だから私のものだ」

「いいえ、いずれ誰かといっしょになって、別の人と生きていく子です」

「ここから出しはしない」

緋蝶は喘ぎながら首を振った。

「私はこの世でもっとも美しいものを表現するために生まれてきた。おまえも美しい。小夜も美しい。私の芸術のために存在するものを、人に渡すわけにはいかない。私の妻なら、そのくらいわかるはずだ」

「わかりません。小夜ちゃんは、かわいい娘です」

「おまえに大切なものを見せよう。口外無用だ。鳴海《なるみ》麗児《れいじ》の作品だ」

彩継は並んでいる桐箱のひとつを開けると、緋蝶を引っ張っていった。

「見ろ。これが今まで創ったものの中で最高のものだ。値段などつけられない。私の人形を見てきたおまえには、これが、いかにすぐれたものかわかるはずだ」

横たわっている人形を見つめた緋蝶は、口を半びらきにしたまま、声も出せないでいた。

あまりにもよくできた人形だ。生きている小夜そのものだ。

小夜は目を閉じている。角《つの》が生えた可愛い妖精の人形を抱いている小夜は、華やかな花々の描かれた豪華な振袖を着ていた。

「よくできているだろう？　そのうちに、本当に息をしはじめるかもしれない。できあがったときは震えるほどだった。命を吹き込むことができたと思った」

着物を着た小夜人形の下腹部がどうなっているか、緋蝶にはわからない。だが、そんなことは問題ではなかった。小夜が人形になっていた。それは、愛する娘そっくりの人形を彩継が創ったのではなく、女としての小夜を創ったのだと、長く彩継の人形を見てきた緋蝶にはわかった。その微妙すぎるちがいを言葉や文章で表現できるはずもない。だが、彩継は娘ではなく、ひとりの女を表現したのだと、緋蝶には確信できた。

「小夜の人形の才能は私が認める。これは贔屓目《ひいきめ》に見ているのではない。近い将来、ものになる。私にはわかる。だからよけい、小夜を人に渡すわけにはいかない。小夜には私と並ぶものが創れる。ひょっとしたら、それ以上のものが。何年かかっても、私は小夜を一人前にして世に出す。いいか、小夜はただの娘ではない。私が人形作家にすると目をつけた女だ」

「確かにあの子は器用です。何か特別のものを持っていると思っていました。でも、決して触れないで」

彩継は何もこたえず、呆気なく緋蝶の縄を解いた。

「そのままここに立って、自分の指でしろ」

いたぶるより、自分でさせるほうが、相手に与える屈辱の大きいことがある。それも、佳境に入ったプレイの最中より、冷めた意識のときのほうが屈辱は大きい。

火照りはじめていた緋蝶を小夜の話で現実に戻した彩継は、冷徹な目で緋蝶を見つめた。

緋蝶は足下の小夜にちらりと視線を落とすと、そこから元の場所に移ろうとした。

「そこだ！　そこでしろ！　小夜に見せながら恥ずかしいことをするがいい。小夜はじっとしていることができなくなって、その目をひらいてくれるかもしれないからな。さあ、そこに立ってしろ。気をやるまでそこから動くな」

「かんにん……」

人形だとわかっていても、彩継が言うように、小夜が目をあけるかもしれないと思えるほどのできだ。緋蝶は生身の小夜に見られているような気がしていた。

「しろ」

「かんにん……」

「どうしてもいやか」

「ここじゃいや……向こうで」

「そうか、それならまた、縄化粧でもするか。今度は寝間着など羽織らずに、ここから連れ出すぞ。廊下を歩いて玄関まで行こう。それから、せっかくの月の夜だ。庭もじっくり散歩しよう。小夜がまだここにいなかったとき、ときどきそうやって散歩したものだったな。久しぶりに縄褌《なわふんどし》をしたおまえと、心ゆくまで散歩したくなった。外で交わるのもいい」

緋蝶が首を振り立てた。実行される前にと、指を女園に持っていった。

「今さら遅い。二度も三度も私に背いたんだ。外だ」

「許して。いやあ！」

彩継に腕を捕まれ、引っ張り寄せられ、緋蝶は悲鳴を上げた。

「せっかく解いてやったのに」

彩継は力ずくで緋蝶に縄をかけていった。後ろ手胸縄にしたが、股間縄はせず、手首から伸びた縄を握って、咎人《とがにん》を連れ出すように蔵を出た。

緋蝶は両足で踏ん張ったが、彩継の力の前で、動きに従うしかなくなった。

「あなた……小夜ちゃんに見られたら……あなた、かんにん」

「見られたら見られたときだ。私達はこういうことをして楽しんでいるんだと説明してやろう」

「いや……あなた」

「さっさと歩いたほうが、小夜と会う危険が少なくなるんじゃないか？」

「せめて何か肩にかけて……お願い……あなた」

「昔はこうだった。そうだ、小夜が来てから、この楽しみがなくなっていた。これからはときどき縄化粧して庭の散歩だ」

「それなら、玄関じゃないところから出して……いくらでもほかのところから庭に出られます」

「余計なことは言うな。玄関からだ。小夜の部屋のすぐ先の」

彩継は意地悪く唇をゆるめた。

屋敷は静まりかえっている。

緋蝶は工房から廊下に出たとき、小夜が今にも部屋から出てくるような錯覚に陥り、目眩《めまい》がしそうだった。

廊下が長すぎる。歩いても歩いても玄関に辿りつけない気がした。

些細《ささい》な物音がしたような気がすると、足が止まる。だが、立ち止まると、即座に彩継が肩を押す。逃げようにも縄尻を摑まれている。小夜の部屋に近づくと足が震えた。

立ち止まれば歩くように指図する彩継が、小夜の部屋の前で故意に歩みを止めた。そして、ドアをノックする真似をした。

「小夜に縄化粧を見せたいか？」

緋蝶は大きく頭を振って　そこから遠ざかろうとした。息が苦しくなり、汗が滲んだ。

彩継は唇だけで笑いながら、緋蝶の腰を押した。

玄関から外に出たとき、緋蝶はひととき安堵した。だが、また同じ道を戻らなければならないのだと思い至った。

「いい風が吹いてるな。おまえの肌を、風が遠慮なく舐めていく。感じるか」

椿の生け垣の手前の、特別に注文した有田焼の丸椅子を並べたテーブルまで来ると、彩継は歩みを止めた。常夜灯の光が仄明るくふたりを照らした。

彩継は椅子に腰掛け、作務衣の下穿きの前立てから、肉茎を取り出した。

「口でしろ」

彩継は胸元から手ぬぐいを出すと、足元に置いた。緋蝶はすぐに、そこに膝をつけて跪いた。

両手の自由のない緋蝶は、上半身を倒し、すでに立ち上がっている剛棒を口に入れた。幾度となく、こうして愛撫してきた肉茎が、今夜はいつになく強靭《きょうじん》に思えた。

唇と舌で、ときには軽く歯を当てて男の中心を愛撫していると、彩継の手がうなじを撫で、次には産毛に逆らって背中を滑っていった。

彩継の破廉恥な仕打ちに喘ぎながらも、緋蝶は、いつも妖しく燃えていた。もしも彩継がこの世から消えてしまったら……と、不安に怯えることがあった。

姉の胡蝶が亡くなってから、人の命の儚《はかな》さを身にしみて感じるようになった。知り合いの顔を浮かべながら、自分より先に逝ってしまったらどうするだろうと考えた。そして、もっとも怖れたのは、彩継の死だった。

彩継といっしょになり、恥ずかしい性を知り、服従することを教えられ、いつしか彩継なしでは生きていけなくなっている。一生食べるに困らない財産はあるが、それで生きていけるとは思えない。絶対者の彩継なしでは生きられない。彩継に恥ずかしいことをされるほど、愛されていると実感できる。

緋蝶は、懸命に絶対者の肉茎を愛撫した。

(小夜ちゃんは娘よ……小夜ちゃんを女と思わないで……)

彩継の小夜への異常な嫉妬を心配していた。そして、ついに、彩継本人が絶賛する小夜人形を見せられ、不安に包まれている。

(小夜ちゃんは娘なの……私だけを愛して)

それは、養母として小夜を思う気持ちと、彩継を必要としている女としての気持ちからだった。

「あなた……私を刺して……熱いの……あそこが疼くの」

緋蝶は顔を上げた。

「私の膝に乗れ」

緋蝶は彩継に背を向け、閉じた膝を跨いで座った。

「後ろ向きか。顔が見えないのは残念だ。だが、これのほうが深く交われるな。小夜は夜中に、庭に散歩に出ることがあると思うか？　もしかしたら、たまにはそんなことがあるかもしれないな。ここに来て四年以上経つんだ。そんなことがあっても、おかしくはないな」

緋蝶の焦燥を駆り立てるために、彩継は、また小夜を引き合いに出した。

彩継は緋蝶の唾液にまぶされた肉杭を、後ろから緋蝶の女壺に押し入れた。

「ああ……いい」

緋蝶は腰を揺すり立てて自ら深く交わった。

彩継は左手で乳房を、右手を肉のマンジュウのあわいに入れて動かした。花びらや肉のマメのぬめりが、緋蝶の快感を伝えてくる。

「ああ……あう……あなた」

ぬめりの中の女の器官をいじりまわすたびに、緋蝶が顎を突き出すようにして、押し殺した喘ぎを洩らした。

「外でする方が感じるようじゃないか。明日もここでやるか」

彩継の指の動きが緩慢になった。

「あう……いや……んんっ……あなた……もっと……もっと早く」

緋蝶は少し腰を浮かしては落とし、絶頂を求めている。

彩継はしばらく焦らした後、下から腰を突き上げ、緋蝶の女壺の奥の奥まで突き刺した。

やがて緋蝶の法悦の声が広がった。

緋蝶の余韻が収まり、ぐったりとなったとき、彩継は緋蝶のいましめを解いた。そして、作務衣の上衣を脱ぎ、緋蝶の躰を包んで抱き上げた。

3

瑛介は植え込みの隙間《すきま》から屋敷の中に入り込んだ。

「ここよ」

小夜の声がした。

「夜中に忍んでこいなんて、聞きちがいかと思った。どうしたんだ」

瑛介は小夜に呼ばれ、しかも、屋敷の庭でというのに驚いていた。

「お養父さまに知られたら大変なことになるわ」

小夜は屋敷の方を、怯えた目で見つめた。

「何があったんだ」

「何もないわ。ただ、会いたかったから」

「感激だな。小夜がそんなこと言ってくれるなんて」

「あんまり長いことはだめ。部屋には入れることができないから」

「玄関からが危険なら、裏の部屋から入れてくれたらいいだろう？」

「だめ。お庭でだけ」

「もう俺のムスコはその気になってるんだぞ。なあ」

瑛介はジーンズごしに硬くなっているものを小夜に触らせた。

「だから、部屋で。な、鍵をかけておけばいいだろう？」

鍵など、ないに等しい。だが小夜は、彩継が合い鍵で入ってくることは明かさなかった。大きな秘密を解いたことも明かさなかった。

瑛介が愛子と泊まったときのことが、小夜は気になっていた。欄間だったという部屋の彫刻を改めて子細に観察した。そして、ほんの指先ほど不自然な点に気づいた。それが何なのか、小夜にはわからなかった。気にしなければならないものかどうかさえ、わからなかった。

けれど、裏の和室にも行き、壁や作りつけのクロゼットも丹念に調べてみた。そして、忌まわしい発見をした。

その発見は偶然だった。

クロゼットの左側の壁は二十センチ四方ばかりの何枚かの四角い板が並べてあるが、その一枚の板には、三本の等間隔の線が縦横に入っている。一枚の板に十六の小さな正方形があるのだ。

模様とばかり思っていたが、触っているうちに、五センチばかりの小さな四角い板が一枚、外れた。てっきり壊してしまったのかと思ったが、板が外れたところに、直径一センチほどの小さなレンズがあるのを発見した。

動悸がした。そのレンズを覗いてみると、小夜の部屋全体が見渡せた。全身が火照った。

これまでのことを思い返し、養女に来てから、ずっと彩継に覗かれていたことを知った。

自分で恥ずかしいことをしていた姿も、瑠璃子が泊まったときのことも、そして、最近では、貴子が泊まって小夜を求めようとしていたときのことも、彩継は、ここからすべてを覗いていたのだ。そして、貴子が手を出そうとしたのを阻止した……。

あのとき、ふいにやってきた彩継は、偶然ではなく、故意に貴子との間を邪魔したのだ。

それから貴子が不自然になったのは、もしかして、彩継が何か手を打ったのではないかということも想像できた……。

「小夜、したい。部屋に入れてくれ」

瑛介は小夜を説得しようとしている。

「ここで。ここでして」

瑛介は耳を疑った。

「ここで……？」

「そう、いくらでも隠れてできるわ……部屋は危険すぎてだめ。だから」

「ここでいいのか？　いやじゃないのか？」

「ここで……したいの」

小夜の唇が、仄暗い闇の中で妖しく光った。

「お庭には、いろんなところに椅子もあるわ」

小夜は自分から歩いていった。

「青姦か……刺激的でいいな……小夜と青姦できるなんてな」

瑛介は興奮のあまり、黙ってついていくことができなかった。

小夜の白いワンピースが、闇を舞う蝶のように軽やかに動いていく。

「小夜は、青姦、初めてだよな？　初めてに決まってるな……俺もおかしいこと訊くよな」

「アオカンって、なあに？」

小夜が振り向いた。

「外ですることさ。青い空の下でな」

「暗い空の下でも？」

「ああ」

瑛介は我慢できずに小夜を抱きしめた。

「だめ……もう少し先……もし、お養父さまが来ても、すぐに隠れられるように」

小夜は屋敷から遠い池の端で止まった。

杜鵑草《ほととぎす》の群生があるところだ。それを眺めるために、長椅子が置かれていた。テーブルもあった。

「小夜、やる前から出ちまいそうだ。小夜といると、どうしてこんなに堪え性がなくなるんだろうな。ホテルなら、もっと焦らせるのに。紐でも持ってくればよかった」

「ばか……」

そう言ったものの、小夜はそれを望んでいた。

先日、小夜は、彩継と緋蝶が庭の椅子に座って、アブノーマルな行為をしているのを覗き見た。

その日、廊下のかすかな物音に耳を澄ました小夜は、彩継が忍んでくるのだろうかと思った。だが、人の気配を感じたものの、そのまま玄関のほうに向かった気がした。

そっとドアを開け、わずかな隙間から玄関のほうを覗くと、裸の総身を紅い縄でいましめられた緋蝶が、彩継に肩先を押されるようにして玄関を出るところだった。

激しい衝撃に、小夜はすぐにドアを閉めた。何が起こるのか興味があった。もしも見つかったらという恐ろしさより、最後は好奇心が勝った。

小夜は外に出た。

跪いて彩継のものを口で愛撫する緋蝶がいた。やがて、ふたりはひとつになった。緋蝶が気をやったのがわかったとき、小夜は慌てて覗いていた木陰から立ち去った……。

小夜は部屋に戻っても、しばらく動悸が収まらなかった。彩継が忍んでこないかと心待ちしていた。緋蝶より破廉恥に愛されたい気がしていた。だが、彩継は現れなかった。

小夜は熱い躰を癒すため、指で花園を慰めた……。

それから、夜の庭で愛されたいと思った。瑛介に電話をかけ、庭に忍んできて、と言っていた。しかし、瑛介は彩継のように猥褻ではなく、すぐに小夜とひとつになって愛そうとしている。

「ショーツ、脱げよ」

「ちょっと怖い……」

小夜は屋敷の方に目をやった。

「だから、早くしないと」

小夜は瑛介の手で引き剝がされたかった。けれど、瑛介にその気がないとわかり、背を向けて、自分でそっと踝から抜き取った。

「それ、持って帰る。いいよな？」

瑛介はショーツを奪い、ジャケットのポケットに入れた。

「椅子に横になって、悠長にやってるわけにはいかないな。テーブルに手をつけよ。後ろからやるぞ。もう濡れてるよな？」

立っている小夜のワンピースの裾から手を入れた瑛介は、すぐに肉のマンジュウのあわいに手を入れて女園のぬめりを確かめると、秘口に指を押し込んだ。

小夜は瑛介の腰をつかんで倒れまいとした。

「ぬるぬるだ。すぐに大丈夫だな。手をつけよ」

「お養父さまが来たら……怖い」

彩継がふいに現れるような気がして、小夜は自分から誘っておきながら、不安をふくらませた。

「急ぐんだ」

瑛介は小夜を後ろ向きにさせ、テーブルに手をつかせた。そして、ズボンの前立てから肉茎をつかみ出すと、ワンピースを捲り上げた。形のいい白い尻肉が、闇の中に浮かび上がった。

瑛介は女壺に剛直を押し入れた。

闇の中で小夜の喘ぎが洩れた。

小夜にとって、初めての外での営みだ。後ろから貫かれているというだけで昂ぶる。

彩継なら、小夜をここに連れてきたらどうするだろう。緋蝶に対するように、紅い縄でいましめ、奉仕させ、最後の行為に入るだろうか。

恥ずかしい行為を彩継が求めはじめたとき、小夜は恐怖や怒りや哀しみの感情を持った。しかし、ここに来て四年余り、今では、彩継を父ではなく男として見ている自分に気づく。

緋蝶を母として信頼し、愛しているが、彩継との夫婦の営みに嫉妬しているのにも気づくようになった。最初のころ、緋蝶への彩継の辱めに憐憫《れんびん》を覚えたが、今は羨望が湧き上がる。

「おお、小夜、すぐに出てしまいそうだ。刺激が強すぎる」

瑛介は力強く突き上げてくる。小夜は大きな声が出ないように、喉元に力を入れた。このままでは小夜は絶頂を迎えられない。いくら濡れていても、女の法悦はゆっくりとしかやってこない。しかし、部屋を抜け出して瑛介と庭で会っている以上、じっくりと愛撫してもらうわけにもいかない。

「いっていいか。今夜の小夜のここは、いつもとちがうみたいだ。凄すぎる」

「いいわ……いって」

小夜は意識して尻を突き出した。

恥ずかしい格好をしている……。

そう思うことで、頭で感じる。意識だけでなく、肉のマメや子宮も疼く。蜜液がとろとろとこぼれていくのがわかる。

グチュッ……チュブッ……。淫らすぎる抽送音も激しくなってきた。

「小夜っ！」

瑛介の動きが止まった。

子宮の奥に多量の樹液が注ぎ込まれていった。

4

須賀井は昼頃、店を開ける。

小夜は朝から須賀井の部屋にいた。

須賀井と会うのは、たいてい午前中だ。大学の講義が朝からあると言って出ればいい。彩継は夜を警戒している。

「先生に知られたら、大変なことになるな。私はどうなってもいい。だけど、小夜ちゃんのことを思うと……」

「相談があったとでも言えばいいわ」

「こうしてベッドに裸でいるのを見られたら、言い訳はできない」

須賀井は小夜の髪を愛しそうに撫でた。

「お養父さまが合い鍵でも持っていない限り、知られることはないわ」

「先生のことだ、怪しいと思ったら、ドアを叩き壊してでも来るさ」

そうかもしれないと、小夜も思った。

「だけど、私、小父さまとこうしていると落ち着くの。広い広い野原にきれいな花がたくさん咲いていて、ちょどいい暖かさのお日様が照ってて、そこに寝転がっているみたいな、そんな気がするの」

「そう言ってもらえると嬉しい。だけど、瑛介君にも悪いと思ってる。彼は小夜ちゃんのことを信じてるだろうし。先生だって、まさか、私とこんなことになっているとは思っていないだろうし」

「小父さま、今まで何度も何度も、そう言ったわ。でも、いちばん悪いのは私。そうでしょう?」

「いや、小夜ちゃんは悪くない。小夜ちゃんはいつだって純粋だ。いてくれるだけで心が洗われるような気がする。だから、私の我儘でこうしてもらってるんだ」

「じゃあ、小父さまには私が必要で、私にも小父さまが必要で、だから、ずっとこのまま」

小夜は須賀井の胸に顔を埋めた。

「何でも言えるのは小父さまにだけ」

小夜は須賀井の匂いを嗅いだ後、また顔を上げた。

すでに貴子のことも話している。だが、貴子が男形を腰につけ、小夜を貫いたということは話していない。貴子に特別の感情を持たれたようで、躰に触れられたことは言った。だが、その後、屋敷に一度泊まってからは来ていないし、来ようともしないとも言った。

彩継が貴子を犯したことなど小夜は知らない。小夜には、貴子が急に距離を取るようになったことが理解できないでいた。貴子が小夜に冷たいわけではない。しかし、奥湯河原の別荘に行ったときのように、ふたりきりになろうとする気配がない。屋敷に来たがるようすもない。

それが、もしかしてと思い当たるようになったのは、覗き穴の存在を知ってからで、彩継が一部始終を見ていて、小夜の知らないところで貴子に何か言ったのかもしれないということだ。小夜を守るためには、彩継は何でもするだろう。

今し方、須賀井が、彩継ならドアを叩き壊してでも来ると言ったように、貴子が二度と手出しできないように注意したのかもしれない。しかし、そんな単純なことで貴子が納得するかどうか、疑問もあった。

「あのね……これから言うこと、お養父さまや、お養母さまに言わないで」

「言いやしない。何でも墓場まで持っていく。私には何を言ってくれてもいい」

「お養母さまは知らないと思うの。お養父さまが私の部屋を覗ける覗き穴を作っていたこと。私、見つけてしまったの。となりの部屋のからくり」

小夜は瑛介が疑問を持ったこと。そのときは何も探せなかったことなどを話し、ついに自分でからくりを見つけ、瑛介にも明かしていないと話した。

須賀井は喉を鳴らした。

「本当か……？　冗談じゃないのか……？」

「本当よ。養女になってから、お養父さまがいろいろ知っていて、おかしいと思うことはあったけど、覗かれているなんて思ってみたこともなかったわ」

「いくら何でも酷《ひど》すぎる……小夜ちゃんは年ごろの娘なんだ。それを男が覗くなんて……しかも、父親だぞ……先生から小夜ちゃんの部屋を造りたいから、口の堅い業者を紹介してくれと言われた。家のことをあれこれしゃべられるのがいやだからと思っていたが、そういうことだったのか……私が紹介した業者なんだ。まじめな人だ。どうしてそんなことまで請け負ったんだろう……子供が厄介な病気になって、医療費がかさむと言っていたことがあった……背に腹は代えられないと……それで受けたのかもしれない」

須賀井は困惑し、何かを考えている。

「知らない振りをしておくの。覗かれたくないときは、そこを塞げばいいんだもの。そこだけ塞いでしまうと、からくりを知ったことがわかるけど、何かを立てかけたりして、ときどき塞ぐだけなら、不自然には思われないわ。でも、私には、どうしてもわからない不思議なことがあったの」

屋敷で須賀井達と麻雀をしていたはずの瑛介が、夢を見たと言って、まるでその場にいたとしか思えないようなことを言ったことを話した。しかし、夢の内容は言えなかった。

「瑛介君、実際に別荘まで行ったんじゃないのか」

「でも、二日間、うちで麻雀をしていたんでしょう？」

「夜はな。二日目は、バイトがあると言って、朝早く出ていって、夜、またやってきた。奥湯河原ぐらいまでなら、十分に行って帰れる距離だ」

　そう言われても、部屋の中にいなかった瑛介が、あの行為を見られるはずはない。別荘の中でのことを知っていたと、小夜はやはり疑問を口にした。

「覗きかな」

「でも、お二階の部屋のことだし……」

「人はその気になったら、好きな人のために、何でもできるかもしれない……先生だって、今まで何年も、覗き穴のことを知られずにいたんだ。先生は小夜ちゃんを、娘以上に思っているのかもしれない……」

「お養父さまは、お養母さまをうんと愛しているから大丈夫」

　須賀井にも彩継との関係だけは言えない。小夜は彩継が毎日のように緋蝶を愛しているのだと嘘をついた。

「養女になってすぐ、喉が渇いてお水を飲みにキッチンに行ったとき、お養父さま達の部屋で声がしたから……お話ししているんじゃないとわかったから……ドアに耳をつけてしまったの。気になって、ときどき悪いことをするようになったわ。お部屋に入ったふたりは、いつだって、あんなことをしているの。いつだって、かすかなお養母さまの声がしてくるの」

　ふたりのアブノーマルな行為を須賀井が知ったら、どんな反応をするかと、小夜はちらりと考えた。

「私、悪い女よ。ずっとずっとそんなことしてたの」

「年ごろになったら興味はあるさ。そうか、先生、緋蝶さんをそんなに……それはいいことだ。でも、見つかったら大変だぞ」

「もうしないわ。聞き耳を立てていると、変な気持ちになるの。小父さまに恥ずかしいことをされたいと思ってしまうの。お部屋に帰っても、なかなか眠れないの」

「そんなとき……自分でするのか……？」

小夜は須賀井の胸にぴたりと頬をつけ、恥じらいを見せた。それが返事の代わりになると、須賀井の息が乱れた。

小夜にはわかっていた。

「女だって、自分でするよな……年ごろだもんな……この指でか」

須賀井は小夜の手を取って、目の前に持ってきた。小夜は顔を伏せたままだった。

「小夜ちゃんが自分でするところ、見たい……」

「いや……自分でするなんていや……小父さまがして……うんと恥ずかしいこと、して」

恥じらいを見せる小夜の声も口調も、須賀井の獣性を煽った。

「何が恥ずかしいんだ……」

「全部よ……全部、恥ずかしい……小父さまにされること、何もかも恥ずかしいわ……裸になって、あんなところを見られて、オクチでも触られて……あんなところを見られるだけで恥ずかしいのに……いちばん恥ずかしいところをオクチで触られるなんて」

須賀井は小夜の太腿を押しひらいた。

小夜はわざと膝を合わせようとした。須賀井はすかさず、太腿の間に躰を入れた。

「小夜ちゃんのここは誰よりもきれいだ……それなのに、誰より淫らに私を誘ってる……小夜ちゃんのここを見てしまったからには、いくら先生や瑛介君に悪いと思っても、別れることができないんだ……胡蝶さんはどう思っているだろう……そう思うと、胡蝶さんの人形を見るのが怖くなった……毎日、起きると眺めて、時間があれば眺め、休むときも眺めていたのに……最近は箱を開けることができない……」

「ああ、小父さま……じっと見てるのね……オユビで花びらをひらいて……いちばん恥ずかしいところを見てるのね……小父さま……小夜は恥ずかしい……そんなに見られると恥ずかしいの」

腰をくねらせる小夜に、ますます須賀井の息は荒くなった。

小夜はどこまでも純粋だ。だが、徹底的に男を魅惑する術《すべ》を知っている。意識的にか無意識的にか、そのどちらでもないのか、ともかく、いちど小夜の魔性に取り憑かれたら、二度いるのか……。

そのとき、須賀井は今のように、容易に小夜に触れることはできなくなっているだろう。

小夜が二十歳になり三十路になり、四十路になったとき、どれだけ多くの男達を虜にして
と逃れることはできない。

たった今だけであっても、この幸福に浸っていられることの至福に感謝したかった。

小夜は、とうてい自分の手に届かない至高の花と思っていた。その花が、自分から須賀井の目の前に現れ、手折ってくれと言った。真紅の薔薇《ばら》より美しかった小夜の破瓜の血……。真っ赤に染まったバスタオルを、須賀井は宝として大事に持っていた。死ぬときは、あの世まで持っていきたい宝だ。

「まだ見てるのね……小父さまは目で私を辱めるのね……小父さま……そんなに見ないで」

もじつく腰が、来て来て来て……と、手招きするように誘っている。決して下卑ることなく、あくまでも優雅に純粋に誘っている。

須賀井は女の中心に顔がつくほど近づけた。息を吸うと、小夜だけの香しい匂いが鼻孔に入り込み、全身の力を漲らせていった。

おびただしい銀色の潤みが、桜の花びら色をした器官全体を覆っている。その潤みが、会陰から後ろのすぼまりへと静かに静かにしたたっていく。触れもせず、見つめているだけで、

花びらがふくらんでいく。肉のマメを包んだ包皮もぷっくりとふくらんでいく。小夜は見られるだけで、こんなにも感じている。

「小父さま……見るだけじゃいや……オクチでして……オユビでもいいから……ね、オユビでいいから、あそこに入れて」

今も男など知らないように見える小夜が、遠慮がちに腰を突き出し、またくねりと腰を動かした。哀れみを乞うような目を向けられ、須賀井の股間のものが疼いた。

舌をべっとりと器官全体に這わせた後、花びらの尾根や肉のサヤの周辺を、舌先だけでじっくりと舐めまわした。

後から後から、驚くほどの潤みが溢れてくる。舐めては味わい、呑み込んだ。

「小父さま……好き……ああ、気持ちいい……いいの」

小夜が足指を擦り合わせている。すすり泣くようなか細い声と喘ぎが、いつも須賀井を従順なオスにする。小夜をもっと気持ちよくしたい、もっと悦んでもらいたいと、舌が擦り切れるほど舐めまわしてしまう。

「オユビ……オユビも……あう」

舐めながら中指を入れて肉のヒダを刺激すると、小夜の喘ぎがいっそう大きくなる。

「何か言って……何か言って。小父さま……」

「熱い……小夜ちゃんのここは、いつも熱い……いつだって指が溶けてしまいそうになる……いい気持ちだ……小夜ちゃんのここは上等だ」

女の器官から顔を離した須賀井は、小夜の悩ましい表情を眺めながら、指をゆっくりと抜き差ししたり、関節を曲げて天井を擦ったり、回転させたりした。

「小父さま……小父さま……いきそうなの……ああっ……いいの」

小夜の息が急激に荒くなってきた。

「いくか？　オマメを吸ってやろう。すぐにいけるな？」

指を奥まで沈めた須賀井は、肉のマメを唇の先で吸い上げた。

「んんっ！」

小夜の総身が硬直した。同時に、指の根元が秘口にきつく締めつけられた。何度か痙攣が繰り返された。

小夜の満足の顔を見れば、須賀井はそれだけでよかった。精神的な法悦に浸ることができた。小夜と会って、いっしょにベッドに横になっても、ひとつにならないで終わることも珍しくなかった。けれど、なぜか今、結ばれたくてならない。

須賀井は秘口の締めつけが弱くなってきたとき、指を抜いた。そして、蜜でてらてらと輝いている秘口を肉茎で貫いた。

「あう！」

口を開けた小夜が、顎を突き上げた。

「したくてしたくてたまらなくなった……熱い……小夜ちゃんのここは、いつも熱い」

小夜は無垢な幼女のような顔をしている。それでいて、恐ろしいほど艶めかしい大人の顔も兼ね備えている。

「きれいだ……」

小夜を見下ろしていると、著名な人形作家の彩継が、小夜と同じ屋根の下で暮らしていながら、娘としておとなしく一線を引けるはずがないと実感した。

芸術家ゆえに、小夜に女を感じ、小夜により近い生き人形を創ろうと思うのは当然だ。小夜を見ていると、それは誰にも咎めることができないのだとさえ思えてきた。しかし、頭で理解しようと思っても、感覚的には許せない。瑛介と小夜の関係を見守ることができても、彩継との関係を想像すると、冷静でいられない。

須賀井はそんな映像を打ち消すように、今にも壊れそうに繊細な小夜を穿った。あえかな声を洩らしながら、小夜がしなやかに揺れた。

髪を梳《と》かし、薄い紅を塗った小夜は、化粧台の鏡の前で手鏡を持ち、左右の横顔を見つめた。それから、唇をゆるめた。

たった今の交わりの気配さえ消えた顔に納得し、ノートの入ったデニムのバッグを取った。

須賀井は店を開け、店主の顔をして、たった今までベッドにいたことなど、おくびにも出さずに客を迎えるだろう。

店を出る前に彩継がやってきたら、午後の授業が休講になったとでも言えばいい。今は、それ以上のことは考えたくなかった。

小夜は階下に降りていった。

店を開けるとすぐに客が入ってきたのか、いつになく早く、身なりのいい年輩の男がいた。須賀井と知り合いらしく、何か話している。

男は小夜と目が合うと、おっ、というような顔をした。

「こんにちは。ごゆっくり」

小夜ははにかむように会釈し、男に笑みを向けた。

妖しい光を宿した小夜の目が、一瞬にして高名な美術評論家を虜にしたのを、須賀井は見逃さなかった。

小夜の総身から出ている目に見えない触手が自分にふさわしい相手をとらえるごとに、誘惑の目を向けるのではないか。須賀井はこれまでにない思いに捕らわれ、小夜の魔性を垣間見たような気がした。

「小父さま、失礼します。あんまり役に立たなくてすみませんでした」

「いや、助かった。お養母さんによろしく。今度は、またいっしょにおいで。たまには瑠璃ちゃんもな」

「ええ、そうします」

須賀井に向けた小夜の微笑には、純な女子大生の顔しかなかった。

「君……」

「失礼します。ごゆっくり」

小夜は呼び止めた男をさらりとかわし、店を出た。

憑かれたような目で小夜の後ろ姿を追っている男の横顔に、須賀井は波乱に富んだ女の未来を予感した。小夜の甘やかな肌の匂いが甦った。


（「人形の家」了）

この作品は書き下ろしです。原稿枚数351枚（400字詰め）。

十九歳《じゅうきゅうさい》

人形《にんぎょう》の家《いえ》4

藍川京《あいかわきょう》

平成15年8月5日　初版発行
平成22年6月15日　3版発行

発行人——石原正康
編集人——菊地朱雅子
発行所——株式会社幻冬舎
〒151-0051東京都渋谷区千駄ヶ谷4-9-7
電話　03(5411)6222(営業)
　　　03(5411)6211(編集)
　　振替00120-8-767643
印刷・製本—図書印刷株式会社
装丁者——高橋雅之

幻冬舎アウトロー文庫

ISBN4-344-40418-1　C0193　O-39-11